KB184904

한여름 밤의 달빛 수영

한정애

반달뜨는꽃섬

한여름 밤의 달빛 수영

책을 펴내며

 시간의 그림자가 길어졌다. 한계를 느끼는 일이 늘어가고 마음에서 내려놓아야 할 것들이 많아지고 있다. 그럼에도 여전히 무언가에 도전해 보고 싶은 마음과 실랑이를 한다. 계속 성장하는 중이다. 거울 속의 내가 무얼 그리 열심히 사느냐며 행복한 미소를 짓는다. 그리고 지금이 가장 평온하고 아름다운 때가 아니냐 묻는다.

 아득하게 마음 깊이 자리 잡고 있던 이야기들을 쓰는 동안, 살구꽃 터지던 산골에서 자란 어린 시절의 서사와 애틋하고 소중한 가족 사랑과 달콤쌉싸름한 첫 사랑같은 특수교육이 나의 전부였음을 새삼 깨닫게 되었다. 특히 특수학교 선생하기 참 잘했다고 토닥인다. 이런 것들이 둥글려져 내 삶의 원동력이 되었다. 내 안의 이야기들을 엮어내고 보니 너무 호들갑스러웠던 건 아닌가 민망한 생각이 든다. 때로는 숨기고 싶은 것도 있었으나 숨겨지지 않아 안타깝기도 했다. 비워낸 마음이 한편으로는 홀가분하다. 그러나 그것도 잠시, 투박하고 빈곤한 글로 내 깊은 내면까지 발가벗긴 것 같은 부끄러움이 비워냈던 속을 다시 채워 올린다. 살아온 이야기들을 세상에 내놓는 두려움과 설렘이 교차한다. 글쓰기에 주춤거리는 나에게 응원과 용기를 주신 여러분들이 있어 책 발간이 가능했다. 이 책이 나오기까지 도움을 주신 여러분께 감사드린다.

그리고 그림으로 책을 더욱 빛내준 며느리와 평생 특수교육에 매진할 수 있도록 응원해 준 남편에게도 감사드린다.

2024 가을

한정애

목차

CHAPTER 3
배자댁 산자

CHAPTER 4
지나간 것은 지나간 대로

CHAPTER 5
무엇을 남길 것인가

CHAPTER 6
꿈의 여행, 남아메리카를 가다

한정애 수필집, 추천사

오, 제발 그 자리에

교실 안은 네모 세상

　5월은 가정의 달이라지만, 교육과 관련된 사회적인 행사도 많은 달이다. 학교에서는 교육 실습생이 오는 달이다. 어느 해인가 지도교사를 했던 기억이 났다. 교생이 오면 교실의 분위기도 달라진다. 아이들의 눈빛이 초롱초롱 빛난다. 아이들도 새로운 선생님이 오니 좋은 것이다. 교생 선생님의 성향을 본능에 가깝게 파악한다. 내 맘대로 해도 될까? 무서울까? 교생 선생님을 소위 간을 본다고나 할까. 담임 선생님은 허용해 주지 않는 것을 교생 선생님이 받아주면 행복해한다. 그 기분을 알기에 도가 지나치지 않는 이상은 눈감고 넘어가 주기도 한다.

　교생은 실습일지를 쓰고, 수업 코칭을 받은 뒤, 2주쯤 지나 홀로 학급 운영을 해 보게 된다. 교육실습의 꽃이라 할 수 있는 공개 연구수업에 대한 의논 중 나를 일깨우는 의견을 들었다. 연구수업 단원과

본시를 정하고, 그 단원을 지도하기 위한 자료의 일환으로, 주제와 연결된 교실 환경을 꾸미기로 했다.

"교실 환경판의 틀을 바꿔보고 싶어요."

"왜요?"

"교실이 네모 세상이에요."

응, 이건 무슨 소리? 무슨 말을 하는 거야 하는 눈빛으로 교생을 바라봤다. 멋쩍은 듯 대답을 하지 않는 표정을 보며, 말의 의도를 읽으려 교실을 빠르게 둘러봤다. 아, 그러고 보니 틀들이 모두 네모로 짜여지고 그 안을 채우는 모양들까지 네모다. 수업 시간표 틀도 네모 그 안에 써넣는 교과목명 모양도 네모다. 심지어 시계 모양도 네모인 것이, 교실 안이 그야말로 네모로 정형화된 모습이다.

내게는 일상이었기 때문에 깨닫지 못한 부분이었다. 그러고 보니 유연성이 없고 답답했다. 조금의 위트가 필요했다. 아이들에게 미안한 생각이 든다. 교실의 답답함을 견디느라 참 마음 고생했겠다 싶은 것이다. 그렇다고 교생한테 순순히 항복이 안 나왔다. 정답은 없는 것이라며 얼렁뚱땅 정당화시키고는 못 이기는 척 '일임'을 할 터이니 능력껏 바꿔보라 했다. 교생은 교실 뒷면 전체를 차지하고 있는 작품란에 수족관을 꾸며보겠다고 했다. 본인이 조각에 특기가 있다고 한다. 스티로폼을 깎고, 색칠하여 다양한 바닷속 생물과 무생물들을 만들어 붙였다. 완성하고 보니 실물 같은 바닷속 모습이 되었다. 아이들은 바닷속을 들여다보듯 신기해했다. 이 수족관은 이후의 학습에도 시기적절하고 다양하게 활용되었다.

4주간의 교육실습이 끝났다. 교생이 평생 한 번 하게 되는 실습을 우리 학교에서 했으니, 이것도 인연이다. 교육실습 중에 많은 것을 배우고 좋은 기억으로 남기를 바랐다. 격이 높은 실기 기능까지 지닌 재원이 좋은 선생님이 되기를 응원했다. 학부모로부터 '내년에 우리 아이 담임을 더 해 주세요' 라는 요청이 나오는 신뢰받는 선생님, 선생님이 있어 학교에 가고 싶도록 학생의 마음을 훔치는 선생님, 동료들이 함께 일하고 싶어지는 선생님이 되었으리라 생각한다.

배움에는 대상이 따로 없다. 현직 교사도 교생에게 새로운 이론의 동향, 신세대 교사들의 사고 등을 배운다. 정형화된 교실 환경이라는 의견 제시를 받는 충격이 있었지만, 새로운 것을 받아들이고 시도하는 유연성이 필요함을 느꼈다. 문제점을 깨닫게 해 준 교생의 시각과 용기 때문에 이후 나의 교실 환경 꾸밈이 다채로워졌으니 감사할 일이다. 그로 인한 것인가, 그동안 스쳐 간 교생 중 유독 기억에 남았다.

교생이 틈틈이 나무 조각을 했다. 대추나무로 도장을 만든다고 한다. 대추나무가 단단하여 도장에 제격이란다. 교육실습이 끝나고, 지도교사에게 대추나무 도장을 선물해 주려나, 은근히 기대를 했었나 보다. 지금까지 교생이 도장을 새기던 모습이 내 기억에 새겨져 있는 걸 보면.

학습 자료가 따로 있나

모닝콜이 울린다. 퇴직 후 느긋했던 아침이 다시 바빠졌다. 20개월 된 손녀를 어린이집에 등원시키려고 아들 집에 간다. 집에 도착하여 가방을 내려놓으면 손녀가 얼른 끌어간다. 지퍼를 열고, 지갑이며 화장품 파우치 등을 꺼내 열고, 잠그고, 끼우고, 빼고, 화장품을 얼굴에 바르는 흉내를 내며 놀이한다. 그 모습을 바라보며 행여나 손녀가 다치거나 화장품이 망가질까 봐 마음이 조마조마하다. 이왕이면 나의 마음도 편하고 손녀도 안전하게 가지고 놀 방법을 찾아야 했다. 문득 특수학교 교사 시절에 재활용품들을 귀하게 모으던 기억이 났다.

세상에 버릴 것은 없는 것 같았다. 생활 속 관심은 늘 무엇으로 어떻게 가르칠 것인가에 몰입되어 있었다. 학습 자료가 될 만한 재활용품 중 좀 튼튼하다 싶으면 버리지 않고 모았다. 그러다 보니 아들마저 덩달아 뭔가 버리려면 내게 물었다.

"엄마, 이거 버려도 돼요?"

요구르트 통, 우유 팩, 주스 통, 빨대, 실, 일회용품 등등. 어느 땐가 버려진 차량용 나무 구슬 등받이를 주워다 풀어 모으니 나무 구슬이 한 바구니가 되었다. 구멍이 뚫려 있으니 쓰임새가 다양했다. 구슬 꿰기를 하며 주의 집중력과 협응력을 기르고 수 세기도 했다. 두 개의 통에 이쪽저쪽으로 옮겨 부으며 양 조절도 하고, 흔들어 소리도 내보는 등 다양한 활동을 하는 데 안성맞춤이었다.

그 무렵 언니가 농사지은 은행을 보내왔다. 혹시나 해서 식용색소로 물들여 보았다. 다행히 곱게 물들었다. 색깔 구별, 수 세기, 양 비교하기 등 재미있게 활용되었다. 투명한 통에 담아놓으니 예쁘기도 해서 교실 분위기마저 밝아지는 듯했다. 하루는 집으로 날아든 마트 광고지를 가지고 가서 수업을 했다.

"어머, 선생님 어떻게 그런 생각을 하셨어요?"

학부모가 놀랐다. 광고지의 물품 사진들은 대개 실생활에서 늘 접하는 것들이라 일상생활 교육 자료로 쓰기에 좋았다. 더구나 실물 사진들이어서 정확하고 색상이 선명한 장점도 있었다. 이 사진들을 오려 놓으면 다방면으로 쓸 수 있는 자료가 되었다. 대부분의 교재와 교구는 손수 제작하여 쓰던 시절이었다. 자료 제작 시간도 주어져 있었다. 제작 시간과 완성도 등을 따지자면 사서 쓰는 것이 합리적이다. 그러나 학교 지원이 그리 넉넉하지 않은 시기였다. 학급별, 개인별 능력에 맞는 수업을 하자면 그에 알맞은 자료를 제작하여 활용하는 것도 큰 장점이었고, 나에겐 큰 즐거움을 안겨 주기도 했다.

　일상용품에 호기심을 보이는 손녀를 보니 재직시절처럼 다시 재활
용품들이 보배로 보인다. 이제는 손녀를 보러 갈 때 갖가지 화장품
빈 통, 크고 작은 헤어롤, 여행용 비누통, 튼튼한 작은 상자 등을 넣은
주머니를 가지고 간다. 이런 통들 속에는 또 다른 물건을 넣어 채운
다. 손녀는 주머니를 열어 세상에 없는 장난감 인양 진지하게 가지고
논다. 놀다가 다른 것으로 주의를 돌리면 정리를 해 둔다. 그러면 또
새로운 장난감인 양 다시 가지고 논다. 가끔 주머니의 내용물들을 새
로운 것으로 바꾸어 넣는다. 문제는 며느리의 눈치를 보게 되는 것이
다. 웬 구닥다리 놀잇감인가 할 것 같아서이다. 그래도 학습이란 본
래 생활 속에 있는 것이라는 나의 지론으로 밀고 가며, 오늘도 눈길
닿는 물건들에 애정을 불어넣는다.

학교 안의 내 자식

    학교에서 학년말이 되면 교사들에게 다음 학년도 업무 분장에 대한 희망 사항을 받는다. 이때 담임 희망자가 부족하면 관리자는 난감해진다. 나름 기준을 정하여 담임과 업무 등을 배정하지만, 꼭 기준을 적용하여 정할 수 없는 경우도 있다. 업무 분장을 발표하고 나면 모두가 만족하기 어렵다 보니 한동안 술렁술렁 어수선한 분위기다. 교사들이 담임을 기피하는 것은 담임교사의 업무 부담과 함께 과도한 학부모 민원에 대한 스트레스가 원인인 것으로 나타났다는 기사를 봤다. 요즘 사회적으로 이슈화되고 있는 사건들을 보아도 충분히 공감이 간다. 교권 추락과 맞물려 담임 기피 현상은 점점 더 심해질 것으로 예상된다 하니 안타까운 일이다.

    나의 교사 시절에는 지금보다 학급당 학생 수가 많고, 지원 인력이 없었는데도 민원은 그리 많지 않았다. 그 이유가 교사와 학부모, 학교와 학부모의 소통이 잘 이뤄졌기 때문이라고 보기는 어려운것 같다. 지금 다양한 매체로 더 자주 소통할 수 있음에도 민원에 몸살을 앓는 걸 보면, 그 당시 소통이 잘 됐다기보다는 교사와 학부모 간의 믿음이 있었다고 생각된다. 서로의 입장을 배려하는 역지사지 같은 것이다. 아이를 기르고, 가르치느라 얼마나 힘들겠냐는 등 서로 애틋한 마음이 오갔던 것이다. 지금도 그러한 마음들이 떠오르면 행복한 웃음을 짓게 된다.

　초등 3학년 교실이다. 교실 안은 학생들의 학습 결과물 전시장 같다. 나의 학급 운영 철학의 장소이기도 하다. 아이들의 손이 간 것은 어디에든 게시하여 무조건 자랑하게 해 준다. 천장에 매달거나, 벽에 붙이거나, 자료대 위 등에 전시한다. 아이들은 수업 중에 나름 진지하게 끄적거린 학습지를 가지고 나와 벽에 붙이는 시늉을 한다. 자랑하고 싶은 것이다. 자신을 나타내고 싶은 욕구 표현이다. 이것이 학습 결과물을 거의 빈 곳 없이 교실에 게시하는 이유이기도 하다.

　휙~ 무언가가 날아가다 공중에서 포물선을 그리며 떨어진다. 이어 교실 천장에 달아 놓은 아이들의 작품 중 하나가 뚝 떨어졌다. '와~!' 손뼉 치는 녀석. '헉 또다시 달아야겠군.' 천정에 달아 놓은 것을 승우는 어떻게든 떼어내려 한다. 달아매는 나와 떨어뜨리는 승우와의 한판 대결이다. 교실의 자료들도 다 끄집어내고 흩트러 놓는 녀석이 천장에 매달린 것을 그대로 봐줄 리 없다. 제지한다고 끝날 일도 아니다. 결국 같이 놀이를 하기로 했다. 자폐성이 있는 승우는 집중력이 생길 것이고, 과잉 축적된 에너지 발산도 될 것이었다. 천장에 다양한 풍선을 매달았다.

"자, 저것을 맞춰보자!"

며칠을 실컷 던져서 떨어뜨리고 붙이기를 반복하며 놀았다. 어느 때부턴가 표적 맞추기에 대한 흥미가 없어졌는지 그대로 두었다. 덕분에 나의 붙이는 수고도 덜어졌다.

다시, 좀 더 차분하게 하는 색 반죽 놀이를 했다.

흙으로 된 점토는 입에 넣는 아이가 있어 밀가루 반죽에 식용색소를 넣어 반죽을 만들었다. 아이들은 색 반죽으로 명칭을 붙일 만한 모양을 만들어내기에 어려움이 있다. 꼭 어떤 형태를 만드는 것이 중요한 것도 아니다. 말랑말랑, 쫀득쫀득한 촉감과 색깔 등을 오감으로 느끼고 몸으로 표현해 내면 만족한 학습이다. 처음엔 책상 위에서 주무르고 내리치다가 신이 나서 바닥에 놓고 발로 짓이긴다. 놀이하는 모습을 실물화상기를 통해 모니터로 보여주었다. 승우는 자신과 친구들, 선생님의 모습이 TV에 나오니 신기한데 뭔가 수상한가 보다. TV 주변을 뒤적거린다. 숨겨진 카메라를 기어이 찾아내니 그 신기함은 금세 사라졌다.

어느 날, 승우 어머니가 오셨다.

"승우 뒤통수에 머리가 나요."

이미니는 흥분된 목소리로 나를 얼싸안으며 말했다. 정말 뾰족하게 몇 가닥이 올라오고 있었다. 탈모로 인해 머리 꼭대기에만 머리카락이 있었다. 그동안 발모를 위해 무던히도 애썼는데 머리카락이 나고 있다는 것이다. 학년이 끝나갈 때쯤에는 머리숱이 제법 많아져 있었다. 스트레스 없이 함께 어우러져 놀며 학습하도록 애쓴 결과일까? 정확한 발모의 원인은 모른다. 어찌하든 나와 인연이 된 때에 나온 현상이니 가슴이 뿌듯해졌다. 용변 실수도 잦아 매번 씻겨주어야 했던 녀석이 혼자 화장실에 가고, 머리카락도 나니 그렇게 기쁠 수가 없었다. 이것도 학습 결과물이라면 게시했을 텐데, 방법이 없어 기회가 있을때마다 자랑을 꽤나 했었다.

특수학교는 학생 인원이 적어 교사들이 전교생을 거의 다 안다. 말썽꾸러기 저 녀석을 담임하게 되면 어쩌나 걱정했다가도 막상 내 반이 되면 예쁜 구석이 보이고, 매력이 느껴진다. 내 자식이 되는 것이다. 내 자식을 남이 혼내면 화나고 예뻐해 주면 기분 좋듯이, 내 반 아이에 대한 다른 선생님의 반응도 부모 마음처럼 와닿는다. 용변 처리가 안 되는 아이들도 많다. 갈수록 많아지는 추세다. 그만큼 장애 정도가 심해져 가고 있다는 반증이기도 하다. 다른 반 아이의 대변은 닦아주기 힘들다. 우선 마음이 안 가는 것이다. 그러나 내 반 아이라면 아무 망설임이 없다. 그것을 단순히 담임의 책임이라서 그렇다고 단정짓기엔 아쉬움이 남는다. 내 자식이라는 마음이 더해져 있는 까닭이다. 돌이켜보면, 교육에 온전하게 몰입하여 보살피고 가르칠 수 있었음에 감사하고 행복하다.

이런 재미와 보람은 나이가 들어갈수록 마음의 소중한 자산이 되어 주고 있다. 학급담임을 했던 순수한 열정의 시기가 없었다면 내 교육 인생이 허전할 것이다. 교사의 특권일 수도 있는 담임의 보람을 알게 되면 담임 기피 현상도 좀 줄어들까? 학교 구성원 간 믿음이 형성되면 가장 행복해지는 사람은 우리 아이들일 것이다.

끝만 맞으면 성공이다.

　12월이 가까워 오니 한 학년을 마무리해 가는 시기라 여기저기서 발표회를 한다, 축제를 한다는 학교 소식들이 들려온다. 이젠 코로나 19도 웬만큼 풀렸으니 조심스레 학교행사들을 하는 모양이다. 이맘 때쯤이면 크리스마스 산타 행사 겸 학예회를 하다 진땀이 흐르면서도 감동이 일었던 오래전 기억들이 스멀스멀 겹쳐 올라온다.

　학예회는 프로그램에 전교생을 출연시켜 모두가 주인공이 되게 하는 프로젝트다. 이동이 어렵거나 지도에 따르기 어려운 아이들의 출연이 문제다. 하나의 방법으로 무대 꾸밈 역할을 맡겨 본다. 누구는 나무가 되고, 꽃이 되고, 해가 된다. 계속 움직이는 아이는 역동적인 동물 역할이 되기도 한다. 혼자 하기 어려우면 선생님이 아이와 같은 의상을 입거나 검은 옷을 입고 그림자처럼 짝이 된다. 그렇게 모두가 무대에 오를 수 있도록 연습한 끝에 드디어 학예회 날이 밝았다.

지잉~~~ 요란하게 징이 울리고 학예회 막이 올랐다. 앞의 순서가 끝나고 초등학교 저학년의 전통무용 '꼭두각시' 차례다.

"따다단 딴 딴~ 따다다다딴 딴!"

족두리에 한복을 입은 남녀 세 쌍의 율동이다. 어린 신랑 각시들이 놀다가 토라지고, 화해하고 짝을 찾아가는 이야기다. 앞에서 바짝 몸을 낮춘 지도교사의 몸짓을 한 박자 늦게 따라 하는 신랑, 자기 흥에 겨워 마음대로 뛰는 각시, 그냥 서 있는 각시 등 배운 것과는 상관없다는 듯 각자 개성대로다. 경쾌한 음악과 깜찍한 의상, 통통 튀는 앙증맞음이 어우러졌다. 객석에서는 중간중간 탄성이 나왔다. 그것은 안타까움이기도 하고 응원이기도 하다. 음악이 끝을 향해 가면서 그대로 자유롭게, 제각각 포즈대로 끝나는가 싶었다. 이제 마지막, 납작 엎드려 인사해야 하는 동작에… 모두 엎드렸다! 엎드린 지점은 제각각이지만 그래도 모두 엎드렸다.

"와! 짝짝짝!"

환호성이 터졌다.

"그래도 끝 동작은 맞췄네요, 하하."

"그러게요, 하하."

어느 학부모가 말했다. 그래도 마무리 동작을 맞추는 게 신기하다고, 계속 뛰고 움직이는 행동을 하는 아이가 자기 자리를 지켜서 눈물 나더라고. 손톱 자라는 것이 보이지 않으나 어느덧 자라있듯이 이이들은 그동안 연습한 동작들이 내면에 쌓여 있다가 어느 순간 밖으로 표현하는 힘이 생겨 있었던 것이다.

학교 개교 이후 가진 첫 학예회에 학부모들의 만족도는 높아 보였
다. 그러나 어찌 불만이 없겠는가, 학예회라는 행사 속에 내 자녀에
대한 관심이 얼마나 기울여졌나에 예민해지는 마음들이다. 세세하게
살펴주지 못했을 수도 있었다. 초창기 학교의 시설 부족에 대한 불편
함도 있었을 터였다. 그러나 불만족스러움을 뒤로하고 최선을 다한
교사들의 수고에 공감해 주는 학부모들이 더없이 고마웠다.

이 과정에서 교육자의 길에 끝까지 함께 할 깨달음을 얻었다. 공감
대를 형성할 때 더 돈독한 학교와 학부모 관계가 된다는 것. 프로그
램에 내 자녀가 참여하지 않으면 감흥도 의미도 희박해지고 재미가
없다는 것. 능력의 차이로 내 자녀가 무대에 못 오른다고 느낄 때 학
부모는 더 큰 자괴감이 든다는 것이다. 자녀가 어떤 소소한 역할이든
해내는 모습에 감동한다. 참 소박한 소망이다. 학생들의 장애 정도가
심하다 해도 모두가 주인공이 되도록 하는 것은 '할 수 있다'는 자신
감과 용기를 갖게 하는 응원이다. 교사들은 학생 모두를 무대에 올리
고, 주인공으로 만들려면 많은 연습과 더불어 세밀하게 분석하고 기
획하는 노력이 따른다. 그만큼 더 힘들다. 그래도 자신감에 웃음 짓
는 학생의 표정에서 피로가 날아간다.

우리가 살아가는 모습도 그렇다. 어느 유명 인사가 수월하게 살아

온 것 같아도 나름 고초를 이겨내고 그 자리에 오른 것처럼, 아이들의 프로그램이 서툴게 순식간에 끝나도 그 뒤안길에는 선생님들의 알지 못하는 노력이 숨어 있는 것이다. 그 노고를 이루 헤아릴 수 없다. 선생님들의 그런 특별한 관심을 먹고 아이들은 자란다.

학생들에게 새로운 경험, 학부모들에게 행복한 감동을 안겨주는 기회가 많아지기를 기대해 본다.

과연 엄마 같은 사랑이었을까

손녀가 다니는 어린이집이 성탄절이라고 캐럴이 울려 퍼지고 실내도 예쁘게 꾸며졌다. 선물에 손녀의 이름을 적어 크리스마스트리 밑에 갖다 놓았다. 성탄절에 산타할아버지가 손녀에게 전해 줄 선물이다.

오래전, 성탄절 선물로 빨간 점퍼와 초콜릿을 포장하며 자식에게 줄 선물인 양 정성을 들였던 생각이 난다. 누가 왜 주는지도 모르고 그저 받는 것이 좋기만 한 아이에게 줄 선물이었다.

토요일 수업이 있을 때다. 토요일은 가까이에 있는 저수지로 단체 산책을 간다. 가로수가 잘 자란 2차선 도로는 저수지 주변의 별장으로 가는 승용차만 가끔 지나갈 뿐 한적하고 편안한 길이다. 우리 반은 초등학교 2학년으로 10명이다. 모두 발달장애 학생들로 장애 정도가 제각각이고 특성도 다양하다. 뛰어가는 아이가 있는가 하면, 걷기 어려워 휠체어가 필요한 아이도 있다. 외부에서는 교사 혼자 이동하기 어려워서 과정별로 모여 함께 간다. 무슨 일이 있으면 서로서로 도움이 필요하기 때문이다. 서로 보조를 맞추어 걷자니 "천천히 가요." "빨리 와요."라고 저절로 외쳐진다. 아이들에게 줄 간식과 물, 휴지 등을 넣은 배낭을 메고, 양손은 비워서 혼자 걷기 힘든 아이의 손을 잡고 걷는다.

한참 걷다 보니 영남이가 보이지 않는다. 뒤를 보니 몸을 좌우로 흔들고 잉잉거리며 따라오고 있다. 내가 돌아보는 것을 보고는 그 자리에 주저앉는다. 와서 데려가라는 시위다.

"영남아, 빨리 와~"

하고는 잘 따라오나 싶어 슬쩍 뒤를 보니 느린 걸음으로 따라오고 있다. 뒤돌아보면 또 주저앉으니 안 보는척하며 간다. 빨리 오라고 재촉하길 여러 번. 그러나 다시 주저앉기를 반복하는 영남이를 보며 마음이 복잡해진다.

가서 데려올까? 습관이 될까? 자립심이 없어질까?

그래도 혼자 걸을 수 있으니 잘 따라오기를 바라며 계속 걷는다. 아무래도 거리가 너무 떨어지는 것 같아, 우리 반을 다른 반 선생님에게 맡겨 기다리게 하고 되돌아간다. 내가 돌아오는 것을 본 영남이가 다시 주저앉는다. 선생님이라는 말도 발음이 안 된다. 훌쩍거리며 옹알이처럼 "으음마~" 한다. 영남이를 업고 와서 전체 다시 출발~

영남이는 무연고자로 장애인 사회복지시설에서 생활하는 아이이다.

코도 잘 흘리고 상고머리에 얼굴은 핼쑥하다. 몸이 약하니 교감 선생님이 매일 달걀을 삶아와 교무실에서 먹였다. 선생님들의 관심을 받으며 우쭐해하는 녀석의 모습에 모두가 사랑스러운 웃음을 짓는다. 추석, 성탄절 등 명절에는 영남이에게 입힐 옷을 사러 시장에 간다. 평소에도 시장에 갔을 때 예쁜 옷, 먹을 것을 보면 영남이 생각이 나서 샀다. 항상 생각하게 되는 영남이 때문에 엄마가 된 듯 했다.

결혼하고 내 아이를 기르고 보니 어찌 감히 엄마의 마음이라 할 수 있겠나 싶지만, 그때는 정말 자식처럼 생각되어 잘 자라게 해야 한다는 마음뿐이었다. 지나고 보니 무슨 버릇을 잘못들이게 된다고, 자립심을 길러야 강하게 자랄 수 있다고, 그리 외면했을까. 손잡고 가 달라, 업고가 달라, 떼 부리며 주저앉을 때 가끔은 못 이기는 척 한 번 더 안아주고 업어줄 걸 그랬다. 그랬으면 아예 걷지 않고 계속 업어 달라고 했을지도 모르겠지만. 엄마의 정이 필요한 어린아이에게는 관계로 맺는 심리적 안정을 주는 것이 더 우선일 수 있다는 것을 간과한 것은 아닐까. 어떤 것이 영남이를 더 행복하게 하는 일이었을까. 성장기인 데다 생활환경이 평범한 가정이 아님을 배려하지 않고 교육만을 앞세운 오류는 아니었는지 돌아보게 된다.

아이들과 함께 보낸 시간은 여한 없이 행복했다고 여겨지지만 나이 들어가는 탓인가. 이따금 미안한 생각이 많아지는 요즘이다.

엄마 마음 선생님 마음

　유치원생들이 올망졸망 선생님 손을 잡고 소풍 가는 모습을 보면 옛 생각이 그림처럼 스치고 지나간다. 유치원을 3년이나 다녔다고 푸념하는 아들의 유치원 소풍 때 일이다.

　지금처럼 육아에 필요한 시간을 내는데 너그럽지 못했던 시절이어서 아들의 유치원 행사에 참석하기가 어려웠다. 행사 때 엄마 자리에 옆집 아주머니, 할머니가 앉은 사진을 볼 때면 사진 속의 아들 표정부터 살펴졌다. 선입견인지 즐거워 보이지 않는 아들 표정에 늘 마음 아팠다. 마침, 아들이 봄 소풍을 근무지와 가까운 곳으로 오게 되었다. 점심시간을 이용하여 외출 허락을 받았다. 이제 엄마 역할을 하게 되나 싶어 아들보다 내가 더 흥분한 것 같았다. 아침에 챙겨온 도시락을 들고 소풍 장소로 갔다.

유치원생들은 넓은 잔디밭에 일렬로 앉아 장기 자랑을 하고 있었다. 아이들이 앉은 곳은 잔디밭이지만, 장기 자랑하는 곳은 흙바닥이다. 장기 자랑하는 아이들이 움직일 때마다 흙먼지가 날렸다. 관객이 되는 아이들에게 선생님은 '앉아요' 하며 계속 질서를 지키도록 지시했다. 하지만 시간이 지날수록 아이들의 집중력은 떨어지고, 하나둘 일어나 움직이기 시작했다. 아들은 선생님의 말씀을 따르느라 먼지가 날려도, 친구들이 돌아다녀도 자기 자리를 지키고 앉아 있다. 아들도 일어섰으면 좋겠다 싶었다. 저 먼지를 다 맞아야 하다니. 내 속이 타들어 갔다. 그래도 선생님의 말씀을 따르는 아들에게 차마 일어서라고 말하지 못했다.

장기 자랑과 점심 식사가 끝나고 소풍의 하이라이트인 보물찾기 시간이 되었다. 다른 아이들은 찾았다고 환호하는데 아들은 못 찾아 울상이다. 그 모습을 보니 가슴이 뛰었다. 아이들만 찾다가 하나둘 학부모들이 합세하기 시작했다. 나도 질세라 끼어들어 아들 손을 잡고 보물을 찾았다. 허둥대고 못 찾기는 엄마인 나도 마찬가지였다. 어쩌다 나뭇가지에 끼어 있는 것을 아들이 발견했다. 몰래 안도의 한숨을 쉬었다. 좋아하는 아들의 모습에 내가 더 기분 좋았다. 하나를 찾고 마음의 여유가 생기니 보물이 여기저기 많이 보였다. 풀잎 사이에, 나무 위에, 바위 등 눈여겨보면 그냥 보이는 곳에 숨긴 듯 아닌 듯 묘하게 숨겨 놓았다. 모두에게 보물을 주려는 선생님들의 배려였다. 담임선생님과 눈이 마주쳤다. 그동안의 내 모습을 보고 있었을 것 같아 민망함이 밀려왔다. 이게 무슨 큰일이라고 목숨 걸 듯 주변

살필 겨를도 없이 몰두했나 싶었다. 상품이 그저 학용품일 터인데 그 것을 받기 위해 이리 열심이었을까. 나도 교사이면서, 여기에서는 그저 자식 일 앞에 물불 안 가리는 엄마인 모습을 선생님이 알아차리셨을까.

교육 현장에서 엄마 입장에서 보는 마음과 선생님 입장에서 보는 마음의 차이를 느끼게 되었다. 학교 소풍 때, 행사 순서 중 하나로만 단순하게 여겼던 보물찾기에 그렇게 열성이던 학부모, 보물을 못 찾았다고 아예 하나 달라고 하던 학부모 마음이 헤아려지는 것이었다. 상품이 문제가 아닌, 자식이 실망하는 모습에 마음이 아픈 것이었다. 알고 보면 가벼운 상품만이 아닌 그 이상의 큰 의미가 있는 것이었다. 먼저 나는 자리에서 일어서지 않고 질서를 지키는 아이가 엄마로서는 안타깝고, 선생님으로서는 착하고 바른 아이였을 것이다. 역지사지 해 볼 일이었다. 아들을 기르는 엄마로, 학생을 가르치는 교사로 더 성장해 가는 중이었다.

오, 제발 그 자리에

'미아 발생'이라는 비상 연락이다. 하교 후 종일반에서 가정에 인계하던 중에 발생한 일이었다. 마침, 퇴근 후 몇 개의 특수학교 선생님들이 모여 친선 배구 대회를 하고 있다가 대회를 중단하고 미아 찾기에 나섰다. 다행히 빨라 찾아 마무리되었지만, 나의 옛 기억이 떠올랐다. 미아가 될 뻔한 공포가 어떤 것인지 절실히 와 닿았던 일이었다.

언니는 수영복, 나는 메리야스에 팬티를 입고 활짝 웃고 있다. 내가 가장 소중히 하는 사진 속의 모습이다. 삼 남매가 해수욕장에서 검고 투박한 튜브를 끼고 찍은 것이다. 1967년, 초등학교 6학년 여름 방학 때이다. 부모님, 셋째 언니, 남동생 등 다섯 가족이 여수 만성리 해수욕장에 갔다. 우리는 2박 3일 여행을 하며, 쪼그만 게를 잡으러 쫓아다니다 한나절을 보내기도 했다.

난생처음 보는 바다였고 생명체였다. 해수욕을 잘 마치고, 집으로 돌아오는 길에 문제가 생겼다. 상행선 기차가 압록역에서 몇 분간 정차했다. 물도 마시고 잠시 쉴 겸 어머니만 남고 네 가족이 기차에서 내렸다. 역 주변은 샘물과 폭포가 있는 수려한 경치였다. 샘물을 마시고 발도 씻었다. 기차가 출발한다는 신호가 들렸다. 기차 입구의 손잡이를 잡고 오르려는 순간, 고무신이 미끈거리며 발에서 벗겨졌다. 고무신 안의 물기가 미끄러지게 하는 윤활유 역할을 한 것이다. 물을 마시고 발까지 씻은 것이 낭패였다. 벗겨진 고무신을 신고 다시 타려는데 어른들이 확 밀려들었다. 손잡이를 잡은 내 손에 기차의 움직임이 느껴졌다. 기차 출입구가 내 앞을 비껴가고 있었다.

"어, 어!"

처음엔 얼떨결에 기차에서 밀려났다는 생각이 들지 않았다. 기차가 멀어져 갔다. 점점 멀어지는 기차를 따라 본능적으로 뛰었다. 어린아이가 기차에서 떨어져 철로를 뛰는데도 붙잡는 사람이 없었다. 요즘 같으면 있을 수 없는 일이 펼쳐지고 있었다. 기차가 커브를 돌아 점점 작은 점이 되더니 아예 보이지 않았다. 기차 꽁무니가 사라지니 가족들과 헤어진다는 현실감이 엄습해 왔다. 그제야 울음이 나왔다. 기차가 보일 때는 거기에 우리 가족이 있다는 생각만으로도 기차를 따라잡을 수 있을 것 같았다. 그래도 울면서 기차가 사라진 방향으로 뛰었다. 철교가 나왔다. 다리 아래로 섬진강 지류의 파란 물이 출렁이며 흐르고 있었다. 무서워서 두 발로 건널 수가 없었다. 고무신 한 짝씩을 양손에 나눠 쥐고 네발로 기어서 건넜다. 그리고 뛰고 또 뛰었다. 그러다 철둑에서 꼴을 베던 할아버지를 만났다.

"아야, 왜 그냐?"

"기차에서 떨어졌어요. 잉잉"

얼마를 달렸을까. 달려가는 방향인 구례 쪽에서 기차가 괴성을 지르며 달려왔다. 쇠 바퀴 구르는 소리, 기적소리, 훑고 지나가는 바람소리가 섬뜩하게 다가왔다. 기차 속으로 빨려 들어갈 것만 같았다. 산비탈을 깎아 설치한 철로는 어느 한 곳 피할 공간이 없었다. 철로 옆 산비탈에 바짝 엎드려 풀뿌리를 움켜잡았다. 기차가 요란하게 지나갔다. 일어나 다시 뛰려는데 바람 속에 사람의 소리가 섞여 있는 듯했다. 누군가 기차의 맨 끝 칸 난간을 한 손으로 붙잡고, 한 손으로는 연신 왼쪽을 가리키며 뭐라 소리치고 있었다. 아, 아버지였다! 하지만 기차는 구부러진 철로를 따라 이내 사라지고 아버지도 사라졌다.

왼쪽 아래는 신작로였다. 아버지께서 손짓한 대로 곧장 신작로로 내려왔다. 그 자리에서 아버지를 기다리고 있었으면 딱 좋았을 일이었다. 오, 제발 거기 있기를, 아버지는 얼마나 간절히 바라셨을까? 그러나 나는 구례역 쪽을 향하여 다시 뛰었다. 다음 역에서 우리 가족들이 모두 내려 나를 기다릴거라고 생각했다. 구례역에 도착하여 아무리 둘러보아도 우리 가족은 없었다. '아하, 버스 정류소에 있나 보다. 맞아, 그래서 신작로로 가라고 하신 거야.' 한달음에 버스 정류소로 뛰었다. 그러나 기대했던 가족의 모습이 보이지 않았다. 행여 우리 캠핑 그릇들을 싼 보따리가 있는지 살폈지만, 가족도, 보따리도 보이지 않았다. 실낱같은 희망의 끈이 사라지자 맥이 탁 풀렸다. 다시 기운을 차려 구례역으로 갔다. 어느 아저씨가 물었다.

"아야, 니가 기차에서 떨어졌냐?"

"네."

"너그 아부지가 쩌기로 가셨어야."

라며 아까 뛰어왔던 압록역 방향 철로를 가리켰다. 다시 그 방향의 철길을 따라 또 뛰었다. 멀리서 아버지가 나를 보고 되돌아오셨다. 발걸음이 비틀거리셨다. 나를 끌어안는데 열기와 단내가 훅 들어왔다. 아무 말씀도 없이 사탕 봉지를 내미셨다. 나는 더 급한 것이 있었다.

"물!"

아버지가 길가에 있는 밭 주인에게 오이를 얻어 오셨다. 그러나 노란색을 띠며 늙어가기 시작하는 끝물 오이는 물이 많지 않았다. 그래도 입 마름은 해소가 되었다. 아버지는 신작로에서 내가 안 보이자 지나가는 유조차 앞을 가로막아 사정하여 얻어 타고 구례역으로 오셨다고 했다. 어느새 주변도 어두워져 가고 있었다. 구례역에서 상행선을 타고 오수역에서 내렸다.

우리 집은 여기에서 이십오 리를 더 가야 했다. 이미 밤이 되어 버스도 없었다. 발걸음을 옮기기도 힘들었지만, 할 수 없이 오 리를 더 걸어 친척 집으로 가서 잤다. 잠에서 깨어보니 다음날 해 질 녘이 되어 있었다. 거의 하루를 깨지 않고 잤다. 이불과 몸이 질척했다. 이불을 살그머니 덮어놓고 친척 집을 나왔다.

여름방학이 끝나고 학교에 가니, 담임선생님이 마라톤 선수로 나가라고 하셨다. 우리 학교의 교사이셨던 아버지께서 방학 동안 있었던 일을 이야기하신 것 같았다. 내가 기차에서 떨어진 그 장소에서 그대로 있었으면 쉽게 찾을 일이었다. 그 당시 삼면이 산인 두메산골에서, 집 떠나 바깥세상 구경해 본 적 없는 내게 그런 주변머리가 있을 리 만무했다. 나를 찾을 때, 더구나 압록역 방향 철로를 다시 뛰실 때의 아버지 심정이 어떠하셨을까 생각하면 지금도 마음 깊은 곳이 아려온다.

교사 시절 현장학습을 나갈 때면 항상 미아 발생 예방에 신경이 곤두섰다. 그럴 때마다 어릴 적 나의 생생한 경험을 교훈 삼아 일러주는 말이 있었다. '혹시 길을 잃거든 오, 제발! 그 자리에 있어라.' 선생님이 찾으러 갈 것이다. 그래야 빨리 찾아서 만날 수 있다. 아무리 일러주어도 우리 아이들은 헤아려 주지 않는다. 그때의 나처럼 당황한 나머지 앞으로 질주만 할 뿐. 그런 까닭에 미아 찾기 비상이 걸린다.

수학여행, 동참의 의미

그렇게 미아가 될 뻔한 일생일대의 엄청난 사건을 치르며 초등학교 6학년 여름을 보내고, 가을이 왔다. 가을이면 졸업을 기념하여 수학여행을 가던 시절이었다. 아이들은 수학여행을 여수로 간다고 들떠서 야단들이었다. 요즘은 수학여행이 각종 안전사고의 위험과 교육과정 운영의 방해 요소라는 비판, 활발한 가족 단위의 여행 등으로 관심도가 높지 않지만, 1960년대 말의 수학여행은 집을 떠나 숙식을 하며 새로운 세상을 볼 수 있는 유일한 기회였다. 그러나 나는 가지 못했다. 여름에 가족들과 여수 만성리 해수욕장을 다녀왔으니, 여수를 또 갈 필요 없다는 이유였다. 어느 친구는 수학 여행비가 없어 못 보낸다는 부모님의 말씀을 '아버지께서 농사지어 가을에 주신다' 는 재치를 발휘하여 선생님이 받아주신 덕에 다녀왔다고 한다. 모두들 수학여행을 가고자 열망했다.

어른이 되어 초등학교 동창회를 하니 화제는 어릴 적 이야기가 주를 이룬다. 그중 수학여행 때 똥통에 빠진 이야기는 늘 흥미진진하다. 똥통에 빠졌던 친구는 실감나게 재연한다. 듣는 친구들은 맞다 아니다 의견도 분분하다. 누가 씻겨주었고, 옷을 빌려주었고, 냄새난다고 모두들 피하는데 누가 같이 잠을 자주었다는 등 이야기는 끝없이 이어진다. 모두들 똥통 사건 이야기에 몰입되어 자신들도 모르게 목소리 톤이 높아진다. 나는 수학여행을 가지 못한 탓에, 오가는 대화들만으로는 왜 그런 사건이 일어나게 되었는지 이해가 되지 않았다. 사건의 주인공인 친구를 인터뷰해 보았다.

여수항에 도착하자 배에서 내려 밖으로 나오는 중이었다. 길이며 바닥이 온통 새까맸다. 석탄을 실어 나르는 배에서 날아온 석탄 분진이 뒤덮은 것이다. 길을 따라 걸어 나오는데, 멀리서 어느 아저씨가 손짓을 했다. 뭐가 잘못되었나 싶어 뒷걸음치는데 순식간에 몸이 무너져 내렸다. 풍덩하는 소리와 함께 친구가 비명을 질렀다. 걸쭉한 액체가 허리까지 잠기고, 머리 위까지 튀어 올랐다. 익숙하나 고약한 냄새가 났다. 똥통에 빠진 것이다. 그 당시에는 인분을 삭혀 거름으로 쓰던 때였다. 길옆에 인분을 모아 숙성시키는 곳이 있었다. 석탄 분진이 뒤덮어 새까맣게 되니 똥통인지 길인지 구별이 안 되었던 것이다. 그래서 아저씨가 조심하라고 손짓을 한 모양인데 오히려 놀라서 더 빠지게 되었다. 뒤를 이어 남자 두 명이 더 빠졌다. 다리까지 빠진 것인가, 온몸이 빠진 것인가의 차이는 있었지난 결국 세 명이나 똥통에 빠진 사건이었다.

똥통 사건 이야기는 할 때마다 새롭고 재미있다. 남자들의 군대 이야기 같은 것이다. 먹어도, 먹어도 질리지 않는 우리 토속 음식 같은 맛깔난 주제다. 수학여행의 추억이 없는 나는 공감하며 들어주는 역할을 한다. 수학여행의 목적이 무엇일까? 부모가 자녀를 수학여행에 왜 보내야 하는가 생각해 본다. 수학여행은 학교 밖 학습활동으로 여러 측면의 교육목적으로 실시한다. 친구들과 함께 현장을 견학하고 탐방하며 얻은 경험은 학창 시절의 아름다운 추억으로 남는다. 그 추억이 성인이 되어서도 정서적으로 더 풍요롭고 행복하게 마음을 채워주기도 한다. 친구들과 평생 공감대를 이루는 이야깃거리를 갖게 되는 것이다. 수학여행은 친구들과 공통된 추억을 갖는다는 사실만으로도 동참할 의미가 있는 것이라는 생각이 든다.

가족여행을 갔던 곳과 겹치는 수학여행지라고 보내주시지 않은 부모님의 선택은 초등학교 동창회의 똥통 대화 때마다 나를 심심하게 한다.

소풍가는 돼지

2

벌들의 생명 이야기

지난여름, 아파트 베란다 창틀이 유달리 지저분해 보였다. 창틀에 떨어진 지 오래되어 보이는 벌의 사체들과 까만 점들이 여기저기 묻어 있다. 벽을 따라 위를 보니 처마 밑에 참외만 한 벌집이 붙어 있다. 벌들이 분주하게 들락거렸다. 어릴 적 보았던 장수말벌과 같은 생김새이나 크기는 작았다. 인터넷을 찾아보니 쌍살벌인 것 같다. 방충망을 뚫고 집 안으로 들어오기라도 하면 큰일 아닌가, 손녀도 가끔 오는데. 벌이 집 안으로 들어올까 두려워 처리하자 했더니, 남편은 주저한다. 내 집에 와서 집 짓고 사는데 살생하는 게 망설여진다고 한다. 더구나 태중에 손자가 있으니, 태어난 후에 생각해 보자고 했다. 그렇기도 하다. 미신일지 모르지만, 왠지 지켜야 할 것 같은 마음에 겨울까지 살피며 놔두기로 했다.

벌과 마주한 일이 또 있다. 현지에 있을 때, 학생들과 함께 저수지 제방으로 산책을 나가 풀밭에 앉았다. 갑자기 학생 한 명이 비명을 지르며 뛰어 올랐다. 주위를 보니 벌 몇 마리가 날아다닌다. 숫자는 적으나 윙윙거리는 벌들의 비행이 예사롭지 않다. 벌들의 숫자는 점점 많아지는데, 뛰어가는 학생이 있는 반면, 무념무상인 듯 그냥 앉아 있는 학생도 있다. 스스로 피하기 어려운 학생들을 피신시키느라 제정신이 아닌 초능력자가 되었다. 나 자신은 돌볼 겨를도 없이 벌들을 다 맞이할 수밖에 없었다. 그래도 양봉에 많이 쏘여 내성이 생겼었는지 큰 고통 없이 지나갔다. 그나마 독성이 약한 땅벌이어서 다행이었다.

오래전, 시골집에서 양봉을 했다. 꿀벌은 작은 곤충이지만, 가축으로 기른다. 아버지께서는 직장에 다니시면서도 다양한 가축을 길렀다. 돼지, 소, 닭, 염소, 앙고라토끼(양처럼 털을 깎는 토끼) 등은 기본이고, 꿩 알도 부화시켜 길렀다. 개, 고양이, 새(잉꼬, 카나리아, 십자매 등)도 길렀지만, 애완동물이니 별도다. 낚시용으로 안성맞춤이라는 지렁이도 얻어다 두엄자리에 묻으셨다. 지렁이 씨앗을 얻어다 심으신 것이다. 그 후, 여름철 비 온 뒤의 두엄자리 부근에는 빨갛고 윤기 나는 지렁이들이 꾸물꾸물 많이도 기어 나왔다. 아버지의 유별난 '가축 기르기' 덕분에 동물들에 대한 경험은 많아졌으나, 가족들은 항상 바쁘고 일이 많았다. 여름방학이면 마당에 일렬로 놓인 벌통 앞을 지켰다. 우리 지방에서 '대추벌'이라고 부르는 '장수말벌'을 쫓거나 잡으려는 것이다. 장수말벌은 몸길이 3~4cm 정도로 벌 중에 가장 크고 힘도 세다. 검은색 몸통에 황색 줄무늬 꼬리와 황색 머리에 도드라진 검은 눈이 강렬하다. 잠자리 입 같은 큰 입을 들썩이면 가슴마저 서늘해졌다. 장수말벌이 벌통 앞을 얼씬거리면 꿀벌 보초병들은 초비상이다.

 그들은 벌통 입구에서 전투 진영을 갖춘다. 몸을 추스르듯 부르르 떨며, 날개를 쫙 편다. 몸은 수평으로 돌격 자세를 취한다. 그 여린 날갯짓 진동들이 모여 우웅~ 소리가 난다. 벌통 안의 온도나 수분을 맞추기 위한 날갯짓하고는 사뭇 다르다. 긴장감이 팽팽하다. 침입자를 위협한다, '내 집에 들어오면 응징하겠다' 고. 보초병들은 사력을 다해 싸우지만 침범을 막기에는 역부족이다. 장수말벌은 벌통 안으로 들어가 꿀을 잔뜩 먹고 유유히 날아간다. 그 사이 벌어진 치열한 공방전으로 꿀벌들이 다치거나 죽는다. 장수말벌은 여러 번 쏘아도 죽지 않지만, 꿀벌은 한번 쏘면 침에 창자까지 따라 나오기도 하여 많이 죽는다. 자기의 생명을 바쳐 공동체를 지키는 것이다. 떠났던 장수말벌은 자기들만의 신호로 동료들을 데리고 다시 돌아온다. 이때, 막아주지 않으면 그야말로 양봉 벌통은 초토화된다.

 아버지를 도와 장수말벌을 잡으면서도 기분은 영 내키지 않았다. 이 벌을 잡아서 밟으면 찌르륵거리며 전신으로 퍼지는 느낌에 진저리가 났던 것이다. 주로 쫓아내거나 어찌하여 잡을 때는 놓칠세라 다급하게 외친다.

 "아버지, 빨리!"

아버지가 출근하신 날은 벌통을 지키는 것이 나 혼자만의 일이 되었다. 언제 들어갔는지 장수말벌 한 마리가 벌통에서 나와 재빠르게 날아올랐다. 잡혀가는 꿀벌이 가녀린 다리로 발버둥을 쳤다. 장수말벌은 푸른 하늘로 날아올라, 하나의 점이 되더니 시야에서 순식간에 사라졌다. 그 장면을 본 나는 이미 다른 사람이 되어 버렸다. 이 사나운 벌의 소탕 작전에 쓸 도구들을 부리나케 챙긴다. 매미채, 대 싸리비, 파리채 등을 들고, 온몸과 마음을 다 바쳐 비장하게 휘두른다, 장수말벌을 향하여. 아버지가 귀가하시자 전리품을 자랑하는 나를 본다.

장수말벌은 잡아간 꿀벌의 머리와 날개 등을 뜯어내고 몸통만 남겨 자기네 유충의 먹이로 준다고 한다. 공들여 기른 그 작은 꿀벌의 생명에 대한 안타까움을 아버지에게 토로했다.

최재천 교수님의 '생명이 있는 것은 다 아름답다' 라는 책을 제목만 보고 샀다. 동물을 좋아하기에 흥미가 당겼다. 동물들의 경이로운 모습에 감탄하며, 생명 사랑에 진심인 교수님도 좋아하게 되었다. 역시 생명은 아름답다. 그 아름다운 생명을 양봉 보호라는 명분으로 잡고 보니 마음 한구석이 짠하다. 장수말벌들도 자신들의 생명을 지키려는 삶의 방편이니 그들만의 잘못은 아닐 것이다. 사람과 공생이 어려우니 안타까운 마음이다.

겨울이 된 지금, 우리 처마 밑의 벌집은 텅 비었다. 벌의 생이 끝난

걸까. 일벌의 수명은 짧다고 하나 수명이 길다는 여왕벌마저도 없어진 건가, 여왕벌은 몇 년 산다는데… 이사를 간 것인지도 모르겠다. 사람 사는 집이나 벌이 사는 집이나 빈 둥지가 되면 을씨년스럽고 쓸쓸하기는 마찬가지인가 보다. 겨울바람마저 불어대니 부스러기까지 제멋대로 날린다. 이제 손자도 건강하게 탄생했는데, 주인이 없는 집을 어찌할까 다시 의논해 볼 일이다.

소풍 가는 돼지

"워워 ~"

돼지의 첫 소풍 날. 마을 삼거리에서 아버지와 내가 우리 집 종돈과 한바탕 실랑이를 벌인다. 돼지는 직진하려 하고, 우리는 오른쪽 길로 몰려 한다. 덩치 큰 돼지가 직진하려고 밀어붙이면 다칠 위험이 있어 내가 삼거리까지만 동행하여 목적지 길로 들어서게 돕는다. 이웃 동네에 있는 수컷에게 교미시키러 가는 길이다. 어른들은 이 일을 '돼지가 소풍 간다' 고 했다. 두 번째 소풍 길부터는 아버지 혼자 몰고 가신다. 돼지가 신바람 나서 소풍 길을 찾아가기 때문에 수월하게 다녀오신다. 돼지가 어디로, 왜 가는지를 기억하고 급한 걸음으로 앞장서 간다는 것이 신기하다.

소풍을 다녀온 후 110여 일 지나면 새끼를 낳는다. 날씨가 추울 때 낳으면 보온 때문에 새끼를 방으로 데려온다. 새끼들을 바구니에 담아 젖 먹이러 가면 어미는 반기듯 꿀꿀거리며 젖먹이기 편안한 자세로 눕는다. 새끼들은 첫 수유에 좋은 젖꼭지를 차지하기 위한 다툼이 벌어지고, 처음 입에 문 것으로 수유 자리가 고정된다.

어미 머리 쪽에 가까운 젖꼭지일수록 젖이 많이 나온다. 새끼들은 본능적으로 아는지 강한 녀석이 좋은 젖을 차지한다. 사람이 약한 녀석과 자리를 바꾸어 먹여보기도 하지만 결국 약한 녀석은 밀려나고 만다. 새끼들이 젖꼭지 물기가 힘들어 낑낑거리면 어미는 배가 잘 드러나도록 몸을 뒤척여 수유 자세를 고쳐 잡는다. 젖 먹일 때, 어미는 새끼들의 젖 빠는 소리에 호응하듯 꿀꿀거리지만 신경은 극도로 예민해 있다. 새끼들이 소란스럽게 싸우면 참다가 일어서 버린다. 싸우는 것을 응징하는 것이다. 새끼들도 그걸 아는지 젖꼭지가 정해지면 머리를 어미 젖무덤에 들이받듯 눌렀다가 빨다가를 반복하며 조용히 먹는 일에만 집중한다.

"쪽쪽쪽~"

새끼들의 젖 빠는 소리와 어미의 꾸울 꿀~ 호응하는 소리만 남는다. 세상 평화롭고 아름다운 합창이다. 약해서 밀려난 새끼는 할 수 없이 방으로 데려와 분유를 더 먹인다. 본의 아니게 애완 돼지가 생기는 것이다. 품을 파고드는 것이 애교쟁이다. 새끼가 어느 정도 크면 어미는 젖을 먹이지 않는다. 새끼들이 꿀꿀 보채며 따라다녀도 배를 바닥에 깔고 앉아 젖을 물지 못하게 한다. 사람의 젓떼기보다 너 단호하여 참 매정스럽게 느껴지기도 한다.

집이 비었다가 대문을 여는 소리가 나면 돼지 우리 철책에 올라타고 꽥꽥거린다. 손을 가까이 대면 응답이라도 하듯 입을 갖다 댄다. 일종의 신체접촉이다. 그 까맣고 작은 눈으로 빠끔히 바라보며 킁킁거린다. 주인이 온 것을 알아보고 보채니 대견해서라도 밥부터 주게 된다. 주방에서 나온 음식물들에 현미 겨를 섞어서 준다. 그 외 채소 과일 등 농사에서 나오는 것들은 거의 다 먹는다. 소화력이 좋다. 먹이를 많이 줘도 먹을 만큼 먹고 욕심부리지 않는다. 햇살 좋은 날, 마당에 내놓으면 집안을 한 바퀴 뛰어 돌아온다. 따라가서 등에 올라타려 하면 "꽤액"하며 잽싸게 빠져나간다. 뒤란이나 촉촉하여 파기 좋은 곳에 가서 주둥이로 흙을 파고 텁텁 거리며 무언가를 먹는다. 철분 섭취를 위한 것이라고 한다. 집안을 돌다가 물웅덩이나 축축한 곳이 있으면 누워서 엎치락뒤치락하며 논다.

땀샘이 없어 열을 식히기 위해 목욕을 하는 것이란다. 돼지가 마당에서 유유자적 놀고 있는 사이, 우리 안의 부산물들을 쳐내고 물청소를 한다. 돼지가 놀고 난 후 호스로 물을 뿌려 주면 시원하다는 듯 그대로 물맞이를 한다. 샤워가 끝나 몸을 흔들어 물기를 털어 낼 때 가까이 있다가는 물세례를 맞는다. 우리에 몰아넣고 짚단을 넣어주면 육중한 몸체에 짧은 다리로 팔짝팔짝 뛰는 모습이 날렵하다. 그리도 좋은가 싶다. 주둥이로 지푸라기를 한쪽으로 모아 두툼하게 잠자리를 만든다. 그리고 용변 자리, 잠자는 자리, 노는 자리를 정해서 사용한다. 먹을 자리는 사람이 정해 놓으니 제 마음대로 못 해서 안타까울 것이다.

어느 날 외출했다 돌아오니 새끼가 없다. 새끼가 어느 정도 크면 팔게 되니, 없는 이유야 물어보나 마나다. 섭섭한 마음은 가족들도 마찬가지일 것이니 내색하지 않는다. 어미 돼지도 기운이 없다. '나보다야 엄마인 네가 더 힘들겠지?' 돼지우리 안으로 들어가 누워 있는 돼지를 살핀다. 때가 굵은 생선 비늘처럼 앉은 목덜미를 긁어주면 그르렁 소리를 내며 두 귀를 쫑긋 세운다. 흡족해서 귀 뒤도 긁어달라는 것이다. 배를 긁어주면 다리를 슬쩍 들어 손이 들어갈 틈을 만들어 준다. 다리도 마저 긁어달라는 것이다. 새끼를 낳고 젖을 먹이느라 배가 축 늘어지고 말랑말랑한 것이 할머니 젖 같아 가슴이 먹먹해진다. 마음이 편안한지 꼬리를 쭉 빼고 있다. 둥글게 말린 꼬리를 보면 뭐가 불안한가 살펴보게 되는데, 다행이다.

'아기돼지'라는 동요가 있다. '토실토실 아기돼지 젖 달라고 꿀꿀꿀~ 엄마 돼지 오냐오냐 알았다고 꿀꿀꿀~' 이 동요를 지은 작사자(박홍근), 작곡자(김규환)님께 감사한다. 어쩜, 그리 맛깔스럽고 정답게 잘 지었는지. 그 동요를 들으면 돼지의 젖 먹이던 광경이 연상되어 기분이 좋아진다. 돼지는 깨끗한 것을 좋아한다. 영리하다. 감정도 풍부하고 표현하는 것도 적극적이다. 더러, 돼지를 욕심 많고, 무디고, 미련하며, 게으름의 상징으로 비유한다. 이는 사람이 만들어 낸 잘못된 인식이라고 생각한다. 동화책에서도 그러하니 어릴 적부터 돼지에 대한 부정적인 선입견을 갖게 되는 것인지도 모른다. 사람이 돼지의 능력을 충분히 발휘할 수 있는 환경을 만들어 주지 못한 것은 아닐까 먼저 살펴볼 일이다.

요즘은 사회적으로 동물복지에 관심이 많으니 다행이다. 돼지가 자연대로 섭리대로 새끼를 낳아 기르고 원래의 습성에 맞추어진 환경에서 스트레스받지 않고 행복하게 사는 동물복지가 실현되면 좋겠다. 그러면 사람도 함께 더 행복해질 것이다.

가을 손님의 방문

아파트 25층인 나의 창가에서 어느 연인이 불러주는 세레나데인 가. 귀뚜라미가 며칠을 운다. 창문을 여니 소리가 그쳤다. 얼마간의 시간이 지나자 다시 들린다. 소리 나는 곳을 살며시 살피니 창틀에 귀뚜라미가 있었다. '으흥, 너구나.' 반갑고 고맙다. 그렇게 며칠 불을 끄고 청아한 세레나데를 듣곤 했다. 소리를 녹음하여 SNS에 올리니 내가 하모니카로 연주한 줄 알았다고 한다. 그러던 어느 날부터 귀뚜라미 소리가 나지 않았다. 궁금하여 창틀을 살펴도 보이지 않는다. 이제 안 오나보다 했다. 그런데 침대 밑에서 뭔가 폴짝 튀어나오는 것을 보니 귀뚜라미다.

오래전 귀뚜라미와의 악연이 있어 손을 대지 않으려고 내버려두었다. 제풀에 나가겠지 했다. 그러나 다음 날 밤에도 방 안에 있었다. 내 방, 그것도 침대 밑에 언제 튀어 오를지 모르는 생명체가 있다는 사실 때문에 몸이 스멀스멀해져 잠을 설쳤다. 새벽 2시쯤, 설친 잠을 일으켜 화장실에 갔다. 잠결에 보니 변기 안쪽 가장자리에 뭔가 붙어 좌우 60°방향 정도로 빙글빙글 움직였다. 귀뚜라미였다. 아, 정말 귀뚜라미...

30여 년 전의 귀뚜라미 사건이 스쳐 갔다. 지금은 개발되어 자취도 없어졌지만, 그때의 신갈 자취집은 낮은 슬래브 지붕에 방 한 칸, 부엌 한 칸씩 다섯 세대가 사는 방이 일렬로 붙어 있었다. 부엌은 문도 없이 개방된 채 연탄아궁이 하나 덩그러니 있는 토방이었다. 아직 방에 불을 넣지 않을 때여서 연탄을 피우지 않으니, 부엌은 늘 눅눅하고 습한 냄새가 났다. 어느 때부턴가 그 부엌에 귀뚜라미가 한 마리씩 보였다. 맑은 갈색의 몸체에 등이 볼록하고 날개가 없었다(나중에 안 일이지만 '곱등이'라고 귀뚜라미와 다르다고 한다). 생김새도 징그럽거니와 기분도 찜찜해서 제발 떠나 주었으면 했다. 생각 끝에 스프레이 모기약을 연탄아궁이 주변에 뿌리고 잤다. 냄새가 싫으면 나가리라 생각했다. 그러나 아침에 부엌을 보는 순간, 식겁했다. 귀뚜라미들이 널브러져 있었다. 그 많은 것들이 어디에 그렇게 숨어 있었단 말인가.

살생했다는 마음 앓이를 하다 귀뚜라미를 그렇게 살해했노라고 성당에 가서 신부님께 고해성사를 했다. 그 후로 한동안 '다마스'라는 자동차를 보면 속이 메슥거릴 정도였다. 그 차의 차체가 전체 크기에

비해 과도하게 위로 솟은 모양이 귀뚜라미 모습과 너무도 흡사해 그때의 귀뚜라미가 연상이 되었기 때문이었다. 요즘은 그 차가 보이지 않는 게 참 다행이다.

그런데, 지금!

변기 물을 내리면 또 귀뚜라미를 죽이게 될 상황인 것이다. 할 수 없이 화장실 바닥에 일을 보았다. 귀뚜라미 일에 관여하기 싫어서 그냥 나오려는데, 항아리처럼 위가 오므라진 변기통에서 귀뚜라미 스스로 살아나올 방법이 없을 것 같았다. 작은 세숫대야로 떠서 투명 플라스틱 통에 넣었다. 다시 방으로 들어오지 못하도록 내일 아침에 아파트 밖으로 나가 놓아줄 참이었다. 그동안 먹을 것도 없었을 텐데 배가 고플 것 같은 생각이 들었다.

귀뚜라미 먹이를 알 수 없어 인터넷을 찾아보니 잡식성이란다. 마침 비스킷이 있어서 부셔서 넣어주었다. 엄청 열심히 빠르게 먹었다. 먹는 입 모양새가 게가 먹는 모습 같았다. 비스킷만 먹으면 목이 마를 텐데... 바닥만 적실 정도로 물을 부어주고 베란다에 내놓고 잤다. 아침에 보니 귀뚜라미가 배를 위로하고 다리를 쭉 뻗은 채 미동도 없었다. 배가 이렇게 누런색인 줄 몰랐다. 화단에 묻으며 애석한 마음으로 혼잣말을 했다. '미안하고 미안하다. 다음 생에는 이 높은 곳까지 올라와 가을을 전해 주지 않아도 된다. 그냥 편안하게 평지에서 마음껏 가을을 만끽하며 살아라.' 라고 중얼거렸다.

흔히들 귀뚜라미를 가을의 전령이라고 한다. 가을은 귀뚜라미 등에 업혀 온다는 말도 있다. 그렇듯 자연의 순리에 의해 어김없이 가을이야 오겠지만, 굳이 귀뚜라미와 함께 맞이하고 싶지 않았다. 그러나 이따금씩 가을의 귀뚜라미 소리가 주는 아련한 음률의 정취에 대한 감흥마저도 사라져 버린 것 같아 아쉽기만 하다.

누에의 세계

친구들과 수원 국립 농업박물관에 갔다. 우리 나이에 최적화된 볼거리, 추억의 박물관 같았다. 같은 시대의 농촌에서 자라온 공감대에 이야깃거리가 풍부했다. 양잠 전시장에는 누에의 형상이며, 비단실을 뽑아내던 물레 등이 실물 같은 모습으로 설치되어 있었다. 누에고치에서 비단실을 자아낸 후 남게 되는 번데기를 먹던 이야기에 모두 화답했다. 나만 먹어 봤고, 나만 아는 맛인 줄 알았다. 그 시절의 우리는 같은 추억이 있었던 것이다.

3남매가 초등학교에 다닐 때다. 학교가 끝나자마자 집으로 뛰어온다. 대문간에서 어머니가 명주실을 자아내는 물레질을 하고 계신다. 누에고치를 끓는 물에 넣고 쇠꼬챙이로 첫 가닥을 끌어낸다. 그 쇠꼬챙이를 물레에 끼워 돌리면 누에가 집 지었던 실이 역으로 풀려나오며 쇠꼬챙이 실패에 감긴다. 여러 개의 누에고치에서 올라온 실늘이 꼬아져 한 줄의 명주실이 된다. 이 명주실이 비단이 되는 것이다.

실이 점점 벗겨지며 번데기가 보이기 시작하면 대기하고 있던 3남매가 침을 꼴깍 삼킨다. 책 보따리를 끼고 앉은 채 먹을 순서를 기다리는 것이다. 노르스름하고 통통한 번데기를 입안에 넣고 터트리면 부드러운 크림 같은 것이 고소하게 퍼진다. 뜨거울 때 터트려 입안을 데기도 한다. 뜨거운 해물탕 속 미더덕을 터트리다 데는 것과 같다. 이 번데기 맛은 어디서도 찾아볼 수가 없다. 어머니는 3남매에게 먹은 순서대로 공평하게 나눠 주셨다. 남아선호 사상으로 아들딸 차별이 많던 그 시절에, 더구나 막내가 아들인데, 아들을 더 챙겨주는 차별은 없으셨다. 그렇게 맛있는 번데기를 만들기 위해서 얼마나 많은 노동을 해야 하는지 어른이 되어서야 알았다.

면사무소에서 누에씨가 배급된다. 백화점 상품권 크기의 상자 안에 담배씨 같은 누에씨들이 들어있다. 알껍데기를 갉아 먹고 나온 누에는 고물고물 새까만 게 털이 난 개미 같다. 여린 뽕잎을 가늘게 채 썰어 어린누에 위에 뿌려 준다. 말라비틀어진 뽕잎들을 보면 뭐 먹었겠나 싶지만 애기 누에들이 우윳빛으로 제법 통통하게 커진 것을 보면, 먹었다는 걸 알 수 있다. 누에가 첫잠을 자고 허물을 벗으면 훨씬 커진다. 생의 한 마디다. 4번의 잠을 자고 나면 완전히 성충이 된다. 꼬물거리는 누에 위에 손을 얹으면, 부드럽고 시원한 비단이 움직이는 느낌이다. 누에가 4잠 후, 5령인 20여 일 동안 먹는 뽕의 양은 실로 대단하다. 먹고 난 후 내놓는 똥의 양을 보면 가늠할 수 있다. 이 때부터 뽕을 따고 누에 밥 주는 일이 초절정에 달한다.

봄기운을 받아 넓적하게 잘 자란 뽕잎의 윤기가 햇빛에 반사되어 반짝거린다. 뽕을 따기 전에 오디부터 따먹는다. 뽕잎 뒤에 오디가 열린다. 뽕나무라고 해서 오디가 다 열리는 것은 아니다. 뽕나무 종자에 따라 오디의 모양, 크기, 맛도 다르다. 재래종은 잎이 작고 오디도 작지만, 새콤달콤 오묘한 맛이 나고 향기도 진하다. 개량종은 단맛이 진하고 커서 입안에 넣으면 씹을 것이 있어 좋다. 오디를 먹을 때 이리저리 살펴 가며 먹는다. 먼저와서 시식하고 있던 노린재라는 벌레와 오디를 함께 먹어 곤욕을 치른 트라우마가 있기 때문이다. 특히 큰 오디에 붙은 벌레는 잘 안 보일 수 있다.

오디를 따먹고 난 후 본격적인 뽕 따기다. 뽕잎을 따서 망태기에 꾹꾹 눌러 담는다. 뽕 망태기를 머리에 이고 와 토방에 부리듯 내려 놓으면 머리가 시원하다. 뽕잎 무게와 열기에 눌렸던 머리의 해방이다. 하지만 망태기 속은 열기로 후끈하다. 뽕잎 자체에서 발생한 열로 발효된 듯 달짝지근한 냄새와 풋것의 향이 난다. 꾹꾹 눌러 담았던 뽕잎은 빨리 꺼내어 탈탈 털어 열을 식혀야 한다. 오래 두면 뽕잎이 까맣게 뜬다. 열을 식힌 뽕잎은 마르지 않게, 젖은 천으로 덮어 둔다. 뽕은 많이 따다 놓았으나 마음이 바쁘다.

저녁을 먹고 누에 밥을 얼른 줘 놓고, 부모님 몰래 살그머니 외출할

심산인데 어머니는 느긋하시다. 마을 어귀에서 만나기로 한 친구들과의 약속 시간이 바짝바짝 다가오니 마음이 조급해진다. 아랫마을 후천으로 딸기를 사 먹으러 가기로 한 것이다.

"어머이! 누에 밥 줘야것네요."

"더 있다 줘도 되것다."

"아녀, 지금 줘도 되것어요."

누에 채반 위에 뽕잎들을 부지런히 올려놓는다. 사각사각사각~ 한 마리, 두 마리, 그 작은 주둥이로 뽕잎 갉아 먹는 소리가 모여 비 오는 소리가 난다. 작은 생명이지만 다수가 합치니 그 힘이 대단하다. 누에들은 뽕잎의 잎맥만 남기고 야무지게 갉아먹는다. 누에 밥까지 줬으니 부모님께서 당분간 나를 찾을 일이 없을 것이다. 밤 외출에 민감하신 부모님께 들키지 않을 방법이다. 하루 종일 누에치기 노동에 시달린 나에 대한 선물이기도 하다. 은은한 달빛 아래 밤공기는 서늘하다. 날아드는 벌레들에 둘러싸인 호야 불이 바람에 흔들린다. 그 아래 친구들과 먹는 딸기는 굳이 맛을 평하지 않는다. 그저 친구들과 재잘거리며 함께하는 시간이 좋을 뿐이니까.

누에가 5령이 끝나면 더 이상 먹지 않고 배 속에 있는 것들을 모두 배설한다. 누에의 몸은 빛이 투과라도 될 듯 투명해진다. 누에가 익은 것이다. 40여 일 동안 살아온 생을 정리하며, 모든 것을 내려놓고 누에가 해탈의 경지에 이른 것인지도 모른다. 집을 짓도록 섶을 놓아주면 제각각 집 지을 터를 찾아 자리를 잡는다. 농익은 누에는 입에서 넘쳐 나오는 액을 고개를 S자로 휘둘러 점을 찍듯 선을 이어 가며 집 짓기를 시작한다. 먼저 자신의 몸을 감싸 얼기설기 얇은 부직포 같은 얼개를 짜서 외부 위험으로부터 방어진을 친다. 그 안에서 다시 실을 뽑아내 본격적인 집, 고치를 짓는다. 시간이 갈수록 누에는 점점 덮어져 보이지 않고 단단하고 하얀 고치가 완성된다.

먹은 것은 뽕잎밖에 없는데, 고운 실이 나오다니! 누에의 세계가 불가사의한 일처럼 경이롭다. 사람들은 이런 누에고치에서 어떻게 실을 뽑아낼 생각을 했을까. 실로 대단한 발견이다. 누에고치의 얼개를 벗겨 다듬는다. 다듬어 놓은 고치 무더기 속에 손을 넣으면 뽀송뽀송하고 따듯하다. 두 손으로 한 움큼 들었다 놓으니 달그락거리는 소리가 난다. 부드럽게 가슴을 파고드는 따뜻한 소리의 기억이 아직도 생생하다.

누에고치를 수확하는 중에 어쩌다 방구석이나 누에섶에 있는 고치를 빠트리기도 한다. 그 누에고치에 구멍이 뚫리고 나방이 나온다. 몸은 통통하고 날개는 작은 하얀 나방이다. 날개는 있으나 잘 날 수 없는 걸 보면 움직일 때 균형 잡는 데만 쓰이는 것 같다. 누에나방이 외부의 도움 없이 그 두꺼운 고치를 어떻게 뚫고 나오는지, 강한 생명력에 놀랍기만 하다. 이 나방이 다시 알을 낳고, 알을 깨고 나온 애벌레가 성충이 되고 또 고치가 된다.

60여 일에 걸친 누에의 한살이는 변화무쌍하고 위대한 한 편의 드라마 같다. 누에는 그렇게 생의 한 바퀴를 돌아나가고, 그것이 자연의 섭리라는 걸 배우게 해 주는, 참 소중한 존재다.

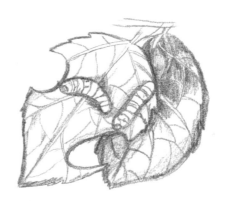

천담마을 다슬기

　지인이 다슬기탕을 살 거냐고 물었다. 당연하다. 주문한 다슬기가 도착할 때까지 마음은 여러 번 천담마을에 다녀왔다. 좋아하는 다슬기탕을 끓여 먹고 나니 난생처음 천담마을로 다슬기를 잡으러 갔던 기억이 솔솔 올라온다.

　임실 천담마을은 김용택 시인의 고향마을이자, 섬진강이 흐르는 아름다운 풍광으로 알려져 지금은 찾아오는 사람들이 많아지고 교통도 좋아졌다. 옛날 다슬기를 잡으러 갈 당시에는 오지로 구불구불한 산길을 10여 Km나 걸어가야 했다. 왕복 20여 Km가 넘는 만만찮은 거리였다. 오후에 저녁 도시락을 싸 들고, 마을 어른들을 따라갔다.

　해 질 녘이 되니 숨어 있던 다슬기들이 슬슬 기어 나오기 시작했다. 아예 몸을 물에 담그고 오리걸음을 하며 플래시를 비추어 보니 다슬기들이 바위에 다닥다닥 붙어 있다. 바람과 사람의 움직임으로 물결이 일렁이니, 돌인지 다슬기인지 구별이 어려웠다. 더듬는 손에 물결모양의 돌기가 있는 길쭉한 것이 잡혔다. 검고 큼지막한 조개였다. 말조개 또는 칼조개라고 했다. 어른들은 별로 좋아하는 것 같지 않았다. 나는 소담스럽고 신기해서 잡히는 대로 주워 담았다. 돌아오는 길에 보니 내 다슬기 자루가 제일 커 보여 은근히 뿌듯했다.

그날 밤 얼마나 힘들었는지 다슬기를 자루째 물에 담그고 자버렸다. 어머니께서 다슬기를 박박 문질러 씻는 소리에 아침잠을 깼다. 말조개는 다른 바가지에 담겨져 있었다. 같이 삶는 것 아닌가 했더니 맛도 없고, 조개 안에 거머리까지 있어서 못 먹는다고 하셨다. 아뿔싸, 그래서 어른들은 안 잡은 모양이다.

천담마을 다슬기는 씨알이 굵고 둥글둥글하다. 국물 색이 푸르며 맛도 진하다. 그래서 그 지역 맛집으로, 다슬기탕이 유명해진 듯하다. 지역에 따라 다슬기의 생김새와 맛도 다르다. 물에 담가 해감을 시킨 다슬기를 씻어 물기도 뺄 겸 소쿠리에 담아놓는다. 한참 있으면 머리를 쑥 내밀며 더듬이가 나온다. 소쿠리의 움직임이 느껴지지 않도록 살살 들어 올려 끓는 물에 빠르게 털어 넣는다. 그래야 다슬기 머리가 속으로 깊이 들어가지 않아서 까먹기 편하니까.

삶을 때는 약간의 된장을 풀어 넣으면 비릿함이 없어진다. 다슬기의 청록색 국물과 아욱이 잘 어울린다. 거기에 수제비를 떼어 넣으면 다슬기 수제비가 된다. 시원하고 쌉싸름한 다슬기의 깊은맛이 한 끼 식사로 손색이 없다. 다슬기 수제비에 어쩌다 남겨진 다슬기가 하나쯤 나오면 까먹는 재미도 쏠쏠하다.

건져낸 다슬기는 큰 것은 까먹고, 잔챙이들은 모아서 돌확에 갈아 살을 걸러내어 장조림 하듯 조린다. 짭조름한 것이 감칠맛이 난다. 졸아 들어 더욱 양이 적어진 다슬기 장조림이 아까워 다슬기알을 세 듯 조금씩 먹곤 했다. 큰 다슬기는 마루에 둘러앉아 까먹는다. 삶은 다슬기가 담긴 양푼과 껍질 담을 양푼을 양쪽에 끼고 앉는다. 이불 꿰매는 긴 바늘로 다슬기 머리 부분의 살을 꼭 찔러 꽁지 부분을 잡고 회오리처럼 돌리면 밑동까지 빠져나온다.

긴 바늘을 가득 채운 다슬기 꼬치를 아버지 입에 넣어드린다. 정면으로 넣으면 입을 찌르는 격이 되니 옆으로 대어 드린다. 아버지는 눈길과 두 손은 신문에 두시고, 무심한 듯 아무 말 없이 받아 드시지만 흐뭇한 표정을 감추지 못하신다. 셋째 언니와 둘이 교대로 넣어드린다. 다슬기 꼬치를 만드는 도중에 어쩌다 떨어진 다슬기알을 나도 모르게 내 입에 쏙 넣은 걸 보면 나도 다슬기의 참맛을 알고 있었던 것 같다.

아버지는 그때 다슬기 맛에 흡족하셨을까. 그리고 그 순간 마음 깊이 행복을 느끼셨을까. 그렇게 다슬기를 드시는 아버지의 모습은 우리 가족을 기분 좋게 만들었다. 느닷없이 생긴 다슬기탕을 먹으며 생전에 다슬기를 좋아하시던 아버지를 그려본다. 말끔하게 비운 빈 그릇에 어느새 유년의 추억이 그득하다.

배자댁 산자

3

1940년대 초등학교 졸업사진

  몇 년 전, 6남매가 고향에 사시는 큰언니 댁에 모였다. 제일 맏이인 오빠의 바람이었다. 건강이 안 좋아진 탓인지 당신이 살아온 곳들을 둘러보고 싶어 하셔서 마련된 모임이었다. 어느덧 오빠 나이가 아버지의 나이가 되어 있었다.

  형제들이 모이자는 의견이 나왔을 때, 아버지의 유품들을 꺼내 보았다. 사진, 앨범, 묵은 일기장, 인터넷으로 주문해 드린 반찬의 평을 적은 메모지, 죽음에 대한 자료 모음 등이다. 돌아가시기 전 죽음에 대한 성찰이 많으셨던 듯한데 그런 눈치도 못 알아차렸다. 주민등록증도 있다. 아버지께서 이 세상에 소풍 다녀가신 증표로 이만한 것이 있겠나 싶다. 아버지의 추억 조각들이다. 이제는 이것들도 처분해야겠다는 생각이 들었다. 내 물건들도 줄이고 버리기를 해야 할 나이가 됐는데, 부모님 유품까지 남길 일이 아니다. 그래도 내 살아생전까지는 가지고 싶어 PDF 파일로 만들어 저장해 두었다. 일제강점기 때의 사진들이 많았다. 영화나 드라마에서 보았던 그 시대의 모습들이다. 아버지께서 그 시절부터 초등학교 교사로 살아오신 길의 사진들이 우리나라 역사였음을 실감한다.

색이 누렇게 바래기는 했으나 매혹적인 자태의 여인 사진도 있다. 처음 보는 순간 웬 여인, 혹시... 하며 가슴이 두근거렸다. 사진 뒷면을 보니 '배우 문예봉'이라는 메모가 있다. 자료를 찾아보니 1930년대 최고의 스타란다. 아버지도 여배우에 관심을 가지는 낭만이 있으셨나 보다. 학생 단체 사진들을 보면, 맨 앞줄은 널빤지 위에 무릎을 꿇고 앉아 손은 앞에 가지런히 모으고 있다. 모두, 하나 같이 굳은 표정이 경건한 의식을 치르는 것 같다. 당시 현장에는 정적만 흘렀을 것 같은 분위기다. 그 시대의 무거운 마음들이 보이는 듯하다. 사진들 중에서 아버지께서 첫 발령을 받았다는 남원의 한 초등학교 졸업사진도 몇 장 있었다. 벌써 74년 전 사진이라 빛이 바래 사람 모습도, 졸업 기념 문구도 희미하다. 이런 사진들을 아무 의미 없이 없앤다는 것이 안타까웠다. 어딘가에 기념이 된다면 뜻있는 일이 될 터였다. 이 초등학교의 역사 자료가 될 수도 있을 것 같았다. 학교에 기증할까, 필요하기나 할까, 사진만 천덕꾸러기 되는 것 아닌가 하는 여러 생각을 하며 형제들과 의논결과 일단 학교를 방문해 보기로 했다.

학교를 찾아간 4월의 햇빛은 화사했다. 화단의 바위 옆에 태어날 때부터 할미라는 할미꽃이 어우러졌다. 수선화도 피어 있었다. 앙증맞은 아이의 조각상도 서 있는 아담한 학교다. 운동장을 휘~ 둘러보던 오빠의 한 말씀, "여기서 내가 놀았네" 아버지의 수업이 끝나기를 기다리며 운동장에서 놀았단다. 여기에 오빠의 어릴 적 기억도 추억이 되어 남아 있었던 것이다. 옛일을 생각하시는 듯 오빠의 얼굴에 엷은 미소가 스쳤다. 교장실로 찾아가 상황 이야기를 하고 졸업사진을 내밀었다. 5회(1943년), 7회, 8회, 9회 등 4장이다. 과연, 학교에 필요한 것일지 가슴이 두근거렸다. 다행히 생각 외로 반가워했다. 현관에는 역대 졸업사진을 게시해 놓았는데, 마침, 우리가 가진 것 중 5회와 7회 졸업사진이 없다며 무척 반기셨다. 현관에 '우리 학교의 졸업생 모습'이라는 역대 졸업사진들만 모아 인쇄한 게시판이 붙어 있었다. 8회 졸업생부터 80회까지였다.

그 사진들 속에서도 아버지 모습을 또렷이 알아볼 수 있었다. 여기에서 아버지를 뵙다니, 새삼 반갑고 감격스러워 가슴이 벅찼다. 멋진 모습으로 포즈를 취하고 계신다. 5회 졸업사진에는 세상 물정 모르는 떠꺼머리총각 모습이라면, 9회 때의 모습은 원숙미도 느껴지고 여유 있어 보이신다. 생전에 흰 구두와 하얀 바지, 감색 재킷 차림을 좋아하시더니, 사진 속 모습도 그대로다. 혹시 이때가 아버지의 화양연화였을까? 어딘가의 역사에 아버지의 흔적이 남아있다는 것이 뿌듯하고 자랑스럽다.

졸업사진을 보니 학교의 역사 중 한 부분이 보인다. 졸업생 수가 줄었다. 한때는 늘었다가 다시 줄어든 것이다. 60년대 전후 인구가 팽창했다가 농촌 인구감소로 인한 학생 수 감소를 여기도 피해 갈 수 없었나 보다. 그래도 역사를 소중히 여기는 뿌리 깊은 학교이니, 이에 굴하지 않고 날로 빛나는 학교가 될 것이다.

그 학교에 다녀온 후 홈페이지에 들어가 보았다. 졸업사진을 기증받았다는 소식이 공지 사항에 올려져 있었다. 헛되지 않게 받아주신 교장 선생님이 감사했다. 대개 역사 자료를 자료집으로 만들거나 보관하는 정도로 관리한다. 이 학교처럼 역대 80년의 졸업사진을 현관에 게시하는 것은 극히 드문 일인데, 반갑고 감사할 따름이었다. 그것은 마치 어려운 시대에 고단한 길을 걸어오신 아버지께, 또는 그 학교 졸업생들에게 드리는 위로의 선물 같았다. 여기에 와 보지 않았다면 아버지가 계신 줄도 모르고 지냈을 것을, 유품이 소중하여 챙기다 보니 이런 뜻밖의 기쁨이 생겼다. 그때, 기증한 사진도 역대 졸업사진 게시판에 올려져 있을까 궁금하다. 아버지의 모습을 현생에서 뵙는 듯 찾아가 보고 싶어진다.

지난날의 아픔을 치유하는 일

　형제들이 모인 김에 60여 년 전에 우리 가족이 살았다는 오수의 한 마을로 갔다. 아버지는 초등학교 재직 중에 한국전쟁을 맞았다. 전쟁의 소용돌이 속에 영향을 받지 않은 사람이 얼마나 있었을까. 아버지는 우여곡절 끝에 퇴직을 하시고 사업을 시작했다가 어려워져 이곳 오수에서 몇 년을 살았다고 한다. 언니들은 그 당시 살았던 집을 알아보았다. 둘째 언니가 가까이 가서 보자고 하니 큰언니가 물러선다. 이 집에서 셋방을 살며, 너무도 많은 고생과 서러움을 받아서 보고 싶지 않다고 한다. 지난 일은 추억으로 남게 마련이건만, 큰언니에겐 아직도 씻을 수 없는 큰 아픔으로 남아 있었던 것이다. 오랜 시간에도 삭지 않은 큰언니의 아픔이 고스란히 내게로 건너왔다. 오빠와 언니들이 마을을 돌아보며 나누는 이야기들이 내겐 생소하기만 했다. 한국전쟁과 그 이후 극한의 어려운 삶을 함께 살아낸 오빠와 언니들은 남매이자 동시대를 살아온 동지들이었다.

　내내 궁금했던 일을 큰언니에게 물었다.

"언니, 나를 건져낸 데가 어디요?"

발걸음을 움직여 주변을 살피던 큰언니가 말했다.

"여기쯤 될 것 같은 데 없어진 것 같네."

큰언니 말대로 주변 어디를 봐도 하천이 있었을 것 같지 않다. 시멘트 포장길과 가옥 몇 채와 밭으로 둘러져 있다. 아마도 그 하천은 복개되어 길이 된 것 같다. 물에 떠내려갔다 하니, 멀리 보이는 오수천 어디쯤인가 했는데, 마을 조그만 농수로 같은 곳이었나 보다. 그렇지, 그때 큰언니도 십대 초반에 불과한데, 큰물이라면 나를 구해낼 수 있었겠는가.

큰언니가 전하는 이야기다. 내가 3~4세 무렵, 헝겊 조각만 보이면 들고 빨래한다고 냇가로 나갔단다. 그래서 늘 주의하고 지내는데, 잠시 안 보여 혹시나 하고 냇가로 나갔더니, 냇물에 뭔가 빨간 것이 오르락내리락하며 동동 떠내려가고 있었다고 한다. 급히 뛰어들어 건져 올리니 내가 '푸우' 하더라는 것이다. 오래전, 이 이야기를 들었지만 내 기억에 없으니 실감이 안 났다.

그 당시 있었다는 하천은 흔적마저 없어졌지만, 떠내려가는 내가 보이는 듯했다. 그동안 언니에게 생명의 은인이라는 둥, 살려냈으니 책임지라는 둥 농담을 하곤 했지만 정작 진지하게 감사의 인사는 안 한 것 같다.

"살려 줘서 고마워요, 언니."

이제서야, 진심을 담아 말을 건넨다. 언니는 누구든 그리했을 것이라며, 그 일이 액땜이 되어 오히려 더 오래 잘 살 거라고 등을 토닥토닥한다. 순간 순탄치만은 않았던 삶에 위로받은 듯 가슴이 울컥한다. 살며 어려운 일이 있을 때마다, 이 세상에 없을 사람인데 이렇게 숨쉬고 있는 것만으로 감사한 일이라고 다독였던 기억이 난다. 큰 언니 덕분에 덤으로 살고 있는 것이다. 부모님과 형제들에게서 밤이슬 젖어 들 듯, 은연중에 배운 것 같다. 사람이 어떻게 살아가고, 어떻게 사랑을 나누어야 하는지를. 형제들은 살았던 곳을 돌아보고 난 후 집에 와서도 밤새 이야기꽃을 피웠다. 가족의 살아온 흔적을 찾고 삶을 돌아보는 이 일이, 큰언니의 저 깊은 아픔까지도 들여다보고 위로하며 마음이 편안해지기를 바랐다.

형제의 사랑

　막내인 남동생은 추석 무렵 우리 가족의 애환이 많은 오수 집에서 태어났다. 남동생 돌날, 큰아버지께서 집에 오신 이야기를 둘째 언니가 전했다. 동생을 살뜰히도 아꼈다던 큰아버지 이야기 중 하나다.

　큰아버지는 첫닭이 우는 소리와 함께 순창에서 오수로 출발하셨다. 전날 내린 비로 적성의 섬진강 물이 불어나 있었다. 옷과 짐을 머리 위로 올리고 강을 건넜다. 깊은 곳은 물이 턱밑까지 찰랑거렸다. 발바닥 밑에서는 모래가 물에 쓸려나가는 감촉이 그대로 느껴졌다. 가까스로 강을 건너고 굽이굽이 먼 길을 걸어 우리집에 도착하셨다. 큰아버지의 짐 보따리에는 올기쌀이 들어 있었다. 벼가 다 익기 전에 양식이 떨어지니, 좀 일찍 여문 것을 훑어다가 솥에 찌고 말리고, 절구에 찧어 만든 햅쌀이었다. 조카 돌상에 햅쌀을 넣어 밥을 지으라고 가져오신 것이다. 하지만, 어려운 살림에 행여 돌상도 못 차릴까 봐 걱정되어 꼭두새벽부터 가져오신 것이라는 걸 어머니는 아셨다. 어머니와 큰아버지는 서로 살짝 비켜 앉아 말씀을 나누셨다. 어머니께서는 연신 눈시울을 적시고 있었다.

올기쌀이라고 하니, 내 어릴 적 생각이 났다. 생활이 조금 여유로워진 것인지 올기쌀을 주전부리로 먹었다. 푸른 듯 노르스름한 빛깔이 식욕을 더욱 자극했다. 주머니 속에 넣고 다니며 나눠 먹기도 했다. 고개를 치켜들고 한 줌씩 입에 털어 넣고 오도독 씹으면, 쫀득한 것이 씹을수록 고소한 맛이 났다. 그 맛이 손을 주머니 속으로 계속 드나들게 만들었다. 요즘도 추석 무렵이면 햅쌀이라 하여 올기쌀이 시중에 나온다. 이제는 올기쌀이라고 하면 큰아버지 사랑을 먼저 떠올리게 된다.

큰아버지께서 걸어오신 그 길, 21번 도로를 '길 찾기'로 거리 재기를 해 보았다. 거리 30km, 도보 7시간 50분이다. 지금의 이 길은 직선으로 내거나 우회도로를 만들어 거리를 단축시킨 길이니, 60여 년 전에는 더 멀고 험했으리라. 순창에서 오수까지, 지금도 걷기에는 먼 길이다.

큰아버지는 아버지를 늘 사랑 가득한 눈으로 바라보셨단다. 동생을 이렇게 지긋이 흐뭇한 표정으로 바라보셨노라고, 둘째 언니가 표정을 지어가며 흉내를 낸다. 전해 듣는 이야기만으로도, 기억에 없는

그 시절이 마법처럼 떠오른다. 아름다운 형제 사랑의 추억이 동화 속
옛날얘기처럼 그려진다.

아버지 모신 날

　형제들과 같이 부모님 산소에 들렀다. 아버지를 모신 지 벌써 15년이 되었다. 시절도 이맘때다. 입관할 때, 아버지 이마에 경의를 표하는 나의 입술에 차갑게 느껴지던 그 감촉이 지금도 생생하다. 돌아가신 즈음에는 산소에 가서 애도의 울음을 실컷 토하고 싶었다. 혼자 울고 싶었다. 그러나 산에 혼자 가려니 용기가 나지 않아서 속으로 삭혔다. 이제는 산소에 갔다가 돌아서며 눈물을 애써 감추느라 힘들던 마음도 사그라졌다.

　아버지를 모시고 서울에서 고향 선영의 장지로 왔다. 일꾼들이 묏자리를 파고 아버지 관을 안치했다. 관 위에 흙이 한 삽 한 삽 던져지기 시작했다. 그때 오빠가 말했다.

　"형님, 이거 쓰세요."

　오빠는 아버지가 쓰시던 명아주 지팡이를 맞은편에 계신 사촌오빠에게 던졌다. 순간, 내가 먼저 지팡이를 얼른 집어 아버지 관 위에 던졌다. 일순간 주위의 동작들이 멈춰지고 정적이 흘렀다. 무의식적으로 이건 아버지가 가지고 가서 써야 된다는 생각이 번개처럼 스쳤다. 저세상에서 이 지팡이가 필요 없이 편안하게 계시면 더 좋을 일이다. 아니, 사촌오빠가 지팡이를 쓰면 아버지의 흔적이 이 세상에 하나 더 남아 좋을 일인지도 모르겠다. 생전에 잘 쓰시지는 않았지만, 무척이나 아끼시던 지팡이를 아버지 묘에 넣어드리고 나니 그나마 마음이 좀 가라앉았다. 아버지가 좋아하시는 것 하나 더해 드린 기분이었다.

그렇게 아버지를 산에 모셔두고 집으로 왔다. 연못을 만들고 꽃을 가꾸시던 화단에 하얀 영산홍이 만발했다. 그 꽃 위에 나비가 앉았다가 다시 날며 오랫동안 들락거렸다. 사람을 무서워하거나 피하는 것 같지도 않았다. 연미복 같은 긴 양 날개 꼬리에 주황 점박이가 있는 우아한 검은 나비였다. 긴꼬리제비나비다. 아버지의 혼령이었던가. 만약에, 혹시나 혼령이라는 게 있다면, 좀 더 오래 자세히 봐둘 걸 그랬다.

우리 잘 살 것이니 걱정말고 거기에서 아프지 마시고 편안하게 지내시라고... 혼잣말이라도 해 볼걸 그랬다. 그 당시에는 이 생각도 못했다. 이제야 드는 생각이다. 아버지를 차가운 곳에 모셔두고 가족들이 집에 모이니 그래도 웃음이 나왔나 보다. 지금 보니 행랑채에서 토방에서 앉고 서서 웃는 표정의 사진들이 있다.

얼마간 지나 다시 부모님이 사시던 집에 왔다. 사람이 살지 않아 빈터가 된 옆집 마당에는 파꽃이 만발했다. 호박벌, 일벌(양봉), 이름 모를 벌들까지 화려한 잔치가 열리고 있었다. 우리 집 화단에 아버지가 심어 놓은 화초들도 앞다투어 피어났다. 이 집 역사만큼이나 오래된 고목의 돌배나무 가지에도 윤기 나는 보드란 새잎이 나고 있었다. 마루에 올라 방문 앞에 섰다. 여닫이문의 문고리를 옆문에 제쳐 잠가놓은 것을 열 수가 없었다. 무서움이 엄습해 왔다. 문을 열면 아버지가 앉아 계실 것 같았다. 그러면 반가운 일 아닌가. 그런데, 왜 두려울까. 끝끝내 방문을 열어보지 못하고 그냥 왔다. 옛말에 '정을 뗀다'는 것이 이런 건가보다.....

아버지는 내 모든 것을 해결해 주시는 큰 산 같은 분이었다.

어릴 때는 아버지가 어려워 피해 다녔다. 되도록 마주치지 않으려 했다. 어느 때부터인가 오히려 자식의 도움이 필요하시다는 생각이 들었을 때, 그제야 내가 어른이라는 실감이 났다. 성인이 되어 아버지 말벗이 되고 보니, 감수성 풍부한 낭만 기질에, 다정다감함과 호기심 가득한 소년 같은 어른이었다. 아버지와 공감하는 대화의 시간을 많이 못 가졌다는 후회가 밀려왔다. 나쁜 일이 있을 때보다 좋은 일이 있을 때 부모님께 알려드리고 싶다. 곁에 안 계셔도 좋으니, 기뻐하심을 알기만 해도 좋겠다는 엉뚱한 생각이 든다. 늙어 감에도 부모님이 문득문득 그립다. 당신들과 아름다운 추억을 많이 남겨주셔서 감사하다.

부모·자식 간 추억을 많이 쌓아 놓는 것이, 자식에게 물려주는 행복한 자산이 된다는 걸 새삼 깨닫게 된다. 문득 부모님이 그리울 때면 훈훈한 기억만으로 가슴이 따뜻해져 온다.

통신표

학기 말이 되면 통신표에 대한, 잊지 못할 기억의 편린들이 퍼즐처럼 맞춰질 때가 있다. 초등학교 2학년 때 아버지가 나의 담임을 하셨다. 면 단위에 하나 있는 학교에 학급도 한두 학급이니 딸의 담임을 피할 수 없으셨는지 모르겠다.

아버지는 호롱불 밑에서 펜에 잉크를 찍어가며, 신중을 기해 통신표를 쓰셨다. 통신표에 '학교에서 가정으로' 보내는 의견란이 있었다. 시대가 바뀌어 평가 형식과 처리방식도 달라졌지만, 이 의견란은 지금도 존재하는 것으로 안다. 몇 장 쓰고 넘기시던 아버지가 내게 말씀하셨다.

"우리 정애, 뭐라고 써 줄까?"

지금 기억에 없으니 궁금하다. 뭐라고 써 주셨을까?

초등학교 5, 6학년쯤 되었을 것 같다.

아버지가 담임 학급의 통신표 작성에 나를 동참시켰다. 통신표는 한 글자 한 글자 직접 써야 하는 수작업이었다. 성적평가는 각 과목별로 수, 우, 미, 양, 가 5단계였다. 빨간 인주를 묻힌 붓 대롱을 해당하는 성적 평어 위에 찍었다. 산수 성적이 '우'라면, ⓤ 이렇게 붉은 원을 입히는 것이다. 이름과 성적을 맞추어 가며 하라고 하셨다. 틀리면 안 된다고 단단히 말씀하셨다. 나는 호랑이만큼 무서운 아버지 앞에서 실수할까 봐 정신을 바짝 차렸다.

"어!"

뭔가 잘못됐다. 아버지의 불호령이 떨어졌다. 단순 작업이라 생각하고 시키셨는데, 더 큰 일거리를 만들어 버렸다.

중학교 1학년 2학기 말, 방학과 함께 통신표를 받아 들던 날이었다. 방학을 어떤 기분으로 시작하느냐는 이 종이 한 장에 달려 있었다. 통신표를 펼쳐본 순간 절망이었다. 이렇게 성적이 떨어진 것을 부모님께 보여드릴 자신이 없었다. 방학식 날은 하교가 빨랐다. 하루 몇 번만 다니는 버스가 이른 하교 시간과 맞지 않았다. 통학생 모두가 버스를 오래 기다리느니 차라리 걷기로 했다. 집까지 이십오 리 길을 걷는 내내 생각에 생각을 더해 묘안을 짜냈다. 집에 오니 부모님께서 말씀이 없으시지만, 통신표를 기다리시는 눈치였다.

"선생님이 통신표를 잃어버려서 없대요."

"으흠."

아버지는 조용하고 낮게 헛기침을 하시고는 이후 두말도 하지 않았다. 1학기 때 받은 통신표에 부모님 도장을 받아 제출했었다. 제출한 통신표에 2학기 성적을 더해서 다시 내주는 것이니, 선생님께서 1학기 통신표를 분실하실 수도 있을 것이었다. 현실적으로 있을 법한 시나리오였다.

아버지께서 당신의 통신표 관리에 얼마나 심혈을 기울이고 소중히 다루셨는지 어려서부터 보아 왔으면서도 그런 허술한, 유리알 같은 거짓말을 했다는 사실에 철이 드니 웃음이 난다. 통신표에 대한 일로, 교사인 아버지를 속이려 들다니 나도 참 겁이 없었나 보다. 모른 척 속아주신 아버지께 죄송하고 감사하다. 이제라도 속죄 드리면 흔쾌히 받아주실 것 같다.

배자댁 산자

    설이 되어도 차례를 지내지 않으나, 자식이 오니 음식을 장만할까 하여 마트에 갔다. 물품 매대마다 손님을 부르지만 산자가 유독 눈길을 끌며 옛 추억을 떠올리게 한다. 산자 이야기가 나오면 으레 등장하는 나의 이야기가 있다. 큰언니 말에 의하면, 내가 어렸을 적에 산자를 만드는 것이 좋아서 덤벙대다가 구워놓은 산자 바구니에 주저앉았다고 한다. 차라리 조청까지 발라 마무리된 산자였으면 좀 덜 부서졌을 텐데, 구워놓은 과자 위에 주저앉으니, 산산조각이 났단다. 그래도 어머니께서 혼내지 않으시더라고 했다.

    우리의 전통 과자인 산자는 유과 중의 하나로, 주로 설 차례상 음식으로 만들었다. 많은 쌀과 불이 필요한 음식이니 가을걷이하고 난 겨울이 안성맞춤인 셈이다. 우리 어머니 배자 댁은 산자를 잘 만들기로 동네에서 알아주었다. 며칠에 걸쳐 만드는 많은 공정 중에 조금이라도 소홀한 점이 있으면 산자를 구울 때 잘 부풀지 않아 낭패를 보기도 하지만, 어머니는 그런 일이 없었다. 찹쌀을 발효시켜 가루를 내고, 가루를 익힌 반죽을 절구에 치댄 뒤, 얇게 밀어 손바닥 크기의 네모로 자른다.

쌀밥을 엿기름으로 삭혀 식혜를 만들고, 이것을 무쇠솥에서 졸여 조청을 만든다. 조청을 만드느라 아궁이에 불을 많이 땐 방바닥은 발을 딛기 어려울 정도로 뜨겁다. 자른 반죽을 이 뜨거운 방바닥에 널어 2~3일 동안 사금파리처럼 딱딱해질 때까지 말려 기름을 발라둔다. 화로 위에 무쇠 솥뚜껑을 뒤집어 놓고, 굵은 모래와 큰 콩알 크기의 돌들을 가득 부어 달군다. 이 돌들은 해가 갈수록 반질반질하게 윤기가 더해지며, 검어지고 둥글어진다. 그 반질거림과 검은 상태를 보면 해묵음의 정도를 알 수 있다. 더러 이웃끼리 빌려 쓰기도 한다.

달궈진 모래에 말린 반죽을 묻으면 몇 배의 크기로 부풀어 오르며 고소한 냄새와 함께 속이 빈, 바삭한 과자로 변신한다. 고무풍선에 바람을 넣으면 일어서듯이 부풀어지는 것이 신기해서 탄성이 절로 난다. 산자가 제멋대로 울퉁불퉁 부풀어 오를 때, 숟가락으로 빠르게 눌러가며 모양을 잡아 줘야 예쁜 모양의 산자가 된다. 구워진 산자에 묻은 모래, 먼지 등을 살짝 마른 솔가지로 털어 낸 다음, 조청을 바르고 그 위에 쌀 튀밥 고물을 묻혀 내면 완성이다.

쌀 튀밥 고물이 산지에 묻힌 소정의 끈적임을 막아주고 고소함을 더해준다. 이 고물은 쌀을 튀긴 튀밥을 절구에 살살 빻아 체에 내려 중간 정도의 가루를 사용한다. 이때 체에서 빠진 고운 가루를 입에 잘못 털어 넣다가 목과 코가 막혀 곤욕을 치르기도 한다. 완성된 산자는 바로 먹는 것보다 하루쯤 지나 조청이 과자에 스며들고, 쌀 튀밥 고물이 착 달라붙어 눅진해져야 제맛이다. 산자를 들었을 때 휘어져 천천히 무너져 내리며 조청이 실처럼 늘어지는 한 조각을 베어 물면 입안에서 사르르 녹는다.

조청의 달콤함과 찹쌀 과자의 고소함이 어우러진 전통 과자, 산자의 맛이다. 달지만 과하지 않은 달콤함과 부드러움과 고소함은 산자에서만 볼 수 있는 맛이다. 산자는 맛은 있으나 복잡한 공정 때문에 만들기가 쉽지 않다. 요즘은 만드는 과정이 개량되고 기름에 튀겨서 만드니, 만들기는 쉬우나 옛 방식으로 만드는 산자의 건강한 맛과 풍미는 따를 수 없는 것 같다. 그래도 우리 전통 과자의 맥을 이어나가고 있음이 감사한 일이다.

우리 선조들의 노력과 인내와 지혜로 이어온 전통 방식에 어머니의 손맛을 더해 만들어 주셨던 산자. 산자를 서늘한 광에 보관해 두면, 참새가 방앗간 드나들듯 들락날락거리며 겨우내 먹었다. 겨울 간식으로. 이 세상 어디에서도 맛볼 수 없을 것 같은 산자의 맛. 어머니께서 만들어 주신 내 인생 최고의 산자, 배자 댁 산자의 맛이 그립다.

헤어질 때 인사는 짧게

　연로하신 부모님을 만나 뵙고 돌아갈 때 가슴 저미는 울컥함을 다독이는 게 힘든 일이었다. 부모님이 돌아가시고, 어느 정도 시간이 흐르자 이런 생각이 들었다.

　'이제는 뵙고 헤어지는 고통에서만큼은 벗어나겠구나.'

　그러나 그건 오산이었다.

　방학이 되면 가장 먼저 하는 일이 부모님 유택에 가는 것이었다. 방학을 위해 세워둔 계획도 많지만 나보다 더 방학을 기다리시니 어쩔 수 없었다. 나를 보자마자 "에구, 앙증맞은 것" 하시던 아버지. 나이 삼십이 넘은 딸에게 어찌 그런 말씀이 나오실까.

　낫을 숫돌에 간다. 낫의 날이 제대로 섰는지 엄지손가락으로 살짝 밀어 보니 잘 갈아진 듯 깔깔하다. 낫과 바구니를 챙겨 깔딱 고개를 넘어 뒷굴 밭으로 간다. 밭두렁의 풀들이 어우러졌다. 앞두렁 풀부

터 착착 베어 나간다. 뒷두렁에 심어 놓은 호박과 오이 줄기들이 풀
과 뒤엉켜 열매가 열렸다 해도 못 찾고 누렇게 익어가게 생겼다. 실
타래를 풀어가듯 조심조심 풀만을 골라 베어내다 아차차, 그만 호박
덩굴까지 베고 말았다. 호박 한두 개는 못 따먹게 되었다. 세워준 지
지대에 대롱대롱 매달려 있는 오이 하나를 따서 옷에 쓱쓱 문질러 베
어 문다. 담백하고 향긋한 즙이 입안에 한가득이다. 남은 오이 꼭지
는 멀리 힘껏 던진다, 풀 베느라 굳어진 팔운동도 할 겸. 윤기로 반짝
이는 가지도 하나 덤으로 먹는다. 가지의 머리 부분을 감싼 꼭지를
벗겨 낸다. 자신을 보호하겠다고 앙탈하듯 붙어 있는 가시가 귀엽다.
겉은 진보라색이지만 속은 하얗고 촉촉한 것이 부드럽다. 꼭지까지
먹고 나면 생가지의 아릿한 맛에 혀를 내밀어 숨을 들이쉰다.

　얼마나 야무지게 풀 제거가 되었을까마는 어머니는 "속이 시원하
다."라는 말씀을 몇 번이고 하신다. 그리곤 "너만 오면 몸살이 난
다."시며 자리에 누우신다. 그동안 많은 일에 지쳐 있던 어머니께서
일꾼 같은 딸이 오니 긴장이 풀리신 모양이다. 조금이라도 일을 덜어
드리고 가려는 마음에 이불 빨래, 청소, 돼지우리 쳐내기 등의 집안
일과 들일들을 찾아 해놓는다. 돌아갈 때가 문제다. 부모님이 또 어
떻게 지내실지 불 보듯 뻔하니 차마 발걸음이 떨어지지 않는 것이다.
대문 밖까지 따라 나오시는 두 분을 말간 눈으로 볼 수가 없다. 가슴
의 소용돌이에도 태연한 척 얼른 자동차 시동을 걸고 출발해서 부모
님이 보이지 않은 곳까지 나와 멈춘다. 눈물을 쓱 닦고 안전띠를 매
고 거울 한번 보고 심호흡을 한다. 운전하며 필요한 것들을 편리하

게 쓸 수 있도록 정리한 후 다시 출발한다. 이건 부모님 집에 올 때마다 도지는 '헤어짐 병' 같은 것이다. 우리 집에 도착하자마자 아버지에게서 전화가 온다. 책이 어디 있느냐, 무엇이 어디 있느냐는 말씀이다. 당신 나름 놓아두는 방식이 있는데 청소한답시고 다 흩트려 놓아서 찾을 수가 없다고 역정을 내신다. 나도 발끈한다. 정말 발끈이다. 종잇조각 하나 안 버렸다고, 어디 어디를 보시라고, 제발 정리 좀 하시라고. 언제 눈물 바람을 하며 애절하게 돌아왔나 싶다. 그러고는 몸도 마음도 지쳐 며칠 몸살을 앓는다.

부모님이 안 계시니 고향도 없어진 것 같다. 방학이 되어도 갈 곳이 없어진 것이다. 부모님 대신 고향집 가까이에 사시는 큰언니 댁으로 간다. 부모님이 계실 때는 몰랐다. 언니에게서 또 그런 고통스러운 감정의 소용돌이에 휩쓸릴 줄이야. 그런데 그 헤어짐 병이 나를 따라온 것인지, 미리 와 있었던 것인지 알 수가 없다. 어이없게도 큰언니와 형부가 이어받으신 것이다. 바리바리 싸주신 농산물을 실어 놓은 자동차 키를 누르며 한마디 한다.

"나리꽃이 참 예쁘게 피었네."

굳이 하지 않아도 될 혼잣말을 한다. 미리 하는 마음 다스림이다. 헤어질 때 인사말은 될수록 짧게 한다. 길면 음성의 떨림을 들키게 될 것이다.

"또 와."

"네."

아무렇지도 않은 척 대답하지만, 표정은 일그러졌을 것이다. 남는 이나, 가는 이나 서로가 그랬을 것이다. 조수석에 앉은 셋째 언니의 호흡도 예사롭지 않다. 여전히 두 분의 눈길이 닿지 않는 곳까지 나와서 차를 멈춘다. 마음도 운전도 재정비하여 다시 출발한다. 큰언니와 형부의 연세가 들어갈수록 애달픔은 더 깊어진다.

요즘 자식과 만났다 헤어질 때 애잔한 마음이 일어나는 것을 보니 이제는 꺼구로 내가 부모의 입장이 되었음을 실감하게 된다. 자식과 헤어지는 마음은 슬픔을 희석시킨 감정의 울렁임이다. 그나마 아들이 가까운 곳에 산다는 것이 위안이 된다.

둘째 언니와 2박 3일

나는 언니가 셋이다. 언니 한 분 한 분이 애틋하여 생각하면 가슴이 찌릿해 온다. 언니들이 좋아서 친구들에게 자랑하곤 했다, 언니가 더 있으면 좋겠다고. 내 기억에 어머니의 손길이 특별히 생각나지 않지만, 언니들의 보살핌을 받은 기억과 이야기들은 너무나 많다.

그날은 세 자매가 모여 팔십 세를 맞는 둘째 언니네를 깜짝 방문할 예정이었으나, 큰 언니의 갑작스러운 병환으로 혼자 가게 되었다. 밤길에 처음 버스를 타고 오는 처제가 걱정되셨는지 형부가 지팡이를 짚고 마중 나오셨다. 그동안 바쁘다는 핑계로 긴 시간을 함께하지 못했는데 뜻밖에 2박 3일을 머물게 되었다. 오랜만에 느긋하게 앉아 있으니 지난날의 이야기가 자연스레 흘러나왔다.

내 어릴 적, 아버지께서 사업을 하신다고 교직을 퇴직하셨다가, 몇 년 후 복직하신 시기가 있었다. 그 사이 어려워진 살림살이에 어머니가 보따리 행상을 시작하셨다. 민가에서 살 만한 물건들을 머리에 이고 마을을 돌며 파는 일이었다. 물건값을 돈이 아닌 곡식이나 다른 물품으로 받는 날은 물건을 팔기 전보다 짐이 오히려 더 무거워졌다. 평생 앓으신 두통의 원인이 아닌가 싶어 마음이 아린다. 어머니께서 장사 나서는 길에 겨우 열 살 위인 둘째 언니가 젖먹이인 나를 업고 따라다니느라 고쟁이 허리 부분이 해어졌다고 한다. 나는 둘째언니 바라기였는지, 어머니 젖을 먹고 있으면서도 눈길은 언니에게 두고, 젖을 다 먹으면 얼른 언니에게 갔단다. 그러는 동생이 더 예뻤을까. 똥 싼 엉덩이, 흘린 코에도 아랑곳 하지 않고 뽀뽀를 해대니 아버지께서 "그렇게 예쁘냐?" 하시더란다.

초등학교 다닐 때는 미장원에 가지 않았다. 아니, 초등학교가 있는 면소재지에 미장원이라는 게 있기나 했는지 모르겠다. 집 뒤란의 시원한 툇마루에서 둘째 언니가 일명, '바가지 머리'로 다듬어 주었다. 친구들이 예쁘다고 하면 무척이나 기뻤다. 소풍날이 다가왔다. 아랫마을, 점포가 몇 개 되지 않아도 장터라고 일컫는 후천 포목점에서 분홍색 비단 옷감을 사 왔다. 처음으로 나와 셋째 언니의 치마저고리를 만들어 주었다. 두 동생이 그 옷을 예쁘게 차려입고 소풍 가는 것을 보려고 동구 밖까지 따라 나왔다. 지금은 소풍이나 현장학습을 가면 오히려 편안한 옷을 입는데, 그때는 소풍이 특별한 나들이였다. 검은색에 하얀 깃을 덧댄 재킷도 만들어 주었다. 초등학교 졸업사진에도 그 옷을 입고 있다. 그러고 보면 둘째 언니는 다방면으로 손재

주가 있었다.

중학교 때, 난생처음 새해 카드라는 것을 써서 둘째 언니에게 보냈다. 날아가는 학과 유유히 노니는 사슴과 붉게 떠오르는 해와, 반짝이며 내리는 눈 등의 풍경이 있는 그림 카드였다. 겨울방학이 되어 시댁에서 살고 있는 둘째 언니에게 가니 그 카드가 반짇고리에 들어 있었다. 새색시인 둘째 언니는 노란 저고리를 입고 있었다. 그 모습이 노란 꽃을 보듯 시선을 사로잡았다. 그때 그리 고운 저고리 색깔에 반해 노란색을 좋아하게 됐는지도 모르겠다. 둘째 언니가 당부했다. '성'이라고 하지 말고 '언니'라 하라고. 여기에서는 그리 부른단다. 그때 '언니'라는 단어를 처음 알았다. 여지껏 성이라고 부르다. 언니라고 하려니 말이 안 나와 호칭을 빼고 말했다. 그때 무슨 눈치를 알았겠는가마는 언니의 '시집살이가 수월찮구나' 하는 느낌을 받았다. 시어머님은 따뜻해 보이는데, 나를 바라보고 웃는 손위 동서 분의 웃음이 왠지 편치가 않았다. 시집살이하는 둘째 언니 집에 안 갔어야 했는지도 모른다.

둘째 언니가 아기를 낳아 친정에 왔다.

학교에 가서도 머릿속은 온통 둘째 언니 생각밖에 없었다. 행여나 학교에 온 사이에 가버릴까 봐 마음 졸였다. 학교가 끝나기 바쁘게 동네 골목을 들어서며, 높이 떠 있는 우리 집 빨랫줄부터 살폈다. 하얗고 긴 아기 기저귀가 빨랫줄에서 살랑거리고 있었다. '휴, 아직 안 갔구나.' 이십오 리 하굣길을 달려온 몸의 기운을 다해, 힘차게 대문을 밀고 들어갔다. 푸른 하늘 아래 하얗고 긴 천 기저귀가 펄럭이며 유연하게 춤을 추고 있었다. 기저귀를 볼에 대어보고 둘째 언니를 불렀다.

나도 성인이 되고 앞가림할 만한데, 아직도 언니들에게는 챙겨줘야 할 동생인가 보다. 농사를 짓는 큰언니와 둘째 언니는 농산물을 택배로 보내고, 셋째 언니는 반찬을 만들어 준다. 직장 생활하느라 바쁘다는 이유로 농산물을 모두 다듬어서 보낸다. 들깨와 참깨는 생것, 볶은 것, 깨소금, 기름, 거피한 것 등 깨로 가공할 수 있는 것들을 종류대로 챙긴다. 온갖 채소와 먹거리를 빵빵하게 담아 택배로 보낸다. 택배 상자에 조금이라도 틈이 있으면 무엇으로든 채운다. 그 공간이 아까운 거다. 오는 동안 뜨거나 상할 위험이 있음에도 막무가내다. 그래도 먹을 것이 남으리니 최대한 많이 보내고 싶은 것이다.

파릇파릇 새순이 돋는 3월이면 두 언니에게서 어김없이 야채 택배가 온다. 두릅, 쑥, 달래, 머위 등 봄나물이 가득하다. 동생이 좋아하는 머위를 보내려다 보니 다른 여러 봄나물까지 챙기게 되는 것이다. 머위로 나물과 장아찌를 만든다. 머위장아찌는 쌉쌀 달콤한 맛이 고기와 곁들이면 상큼함이 그만이다. 머위나물은 남편도 좋아하여 내 양만큼 못 먹을 가능성이 많다. 이때는 비상 수단을 쓴다. 조금 숨겨 놓았다가 혼자 더 먹는 것이다. 그럴 자격이 있다. 우리 언니들이 동생 먹으라고 보낸 것이니까. 퇴직하고 나서, 나도 이젠 시간이 있으니 그만 보내시라 해도 여전히 계속되더니, 결국은 언니들이 농사 짓기 힘든 나이가 되니 택배가 자연히 줄어들었다.

땅을 지키고 가꾸는 일에 남다른 애착을 갖는 둘째 언니의 농경지들을 둘러보고 싶어 들녘으로 나왔다. 맹추위를 떨치던 기온이 한풀 꺾인 듯 햇살이 따사로웠다. 마을 뒤를 둘러싸고 있는 백련산의 정상이 하얗다. 안개인가 눈인가 구별조차 어렵다. 2차선 도로와 접하여 펼쳐진 둘째 언니네 논과 밭들을 마주 보고 섰다. 논을 지나 제방이 있고 그 너머에 섬진강으로 합류하는 냇물이 흐른다. 그나마 좀 젊었을 때, 네 자매가 밤에 플래시를 비추며 다슬기를 잡던 하천이다. 그 연유로 아들은 둘째 언니를 '다슬기 이모'라 부른다.

둘째 언니가 어떻게 이 땅들을 갖게 되었는지 생각해 보면 꿈만 같다며 이야기들을 풀어낸다. 논과 밭작물들을 지어 자금이 들어오면 공교롭게도 그 돈으로 살 만한 땅이 나왔다. 땅 주인이 값을 부르면 깎지 않으니, 다른 사람에게 넘어갈 위기였다가도 둘째 언니네로 돌아오더란다. 가지려면 조금 더 주어야 내 것이 된다고 한다. 흙을 지키기 위해 싸우기도 했다. 동네 하천 공사를 하며 허락 없이 언니네 밭의 흙을 파가 버렸다. 관할 시청에 문의하고, 해당 업체를 상대로 싸워 다시 채워 넣었다.

농사꾼은 흙 한 테미를 거름 한 테미와 바꾸지 않는디고 한다. 그만큼 흙을 소중히 여긴다. 장성한 아들이 해결하게 하지 그랬냐는 말에 동네 인심 잃기 쉬운 일을 굳이 아들을 시킬 필요가 있냐고 한다. 지혜로운 아들 사랑이다. 여러 배미인 밭을 사서 지렛대로 바위를 파내고, 자갈을 정리해 한 배미로 만들었다. 원래 큰 밭인 줄 알았는데 그런 노동이 숨어 있었다. 그 밭 가에 고목이 된 먹감나무가 여러 그루 서 있다. 검고 도드라진 껍질로 싸인 나무 몸체에 박힌 울퉁불퉁한 근육질 괭이와 삭아 떨어질 듯한 나뭇가지가 세월의 위엄을 느끼게 한다. 보기에 생을 다한 나무 같아도, 봄이 되면 여린 새순이 돋아난다.

먹감은 감의 표면에 먹물을 칠한 듯, 검은 무늬가 있어 붙여진 이름으로 이 지역에만 있는 것 같다. 껍질이 두껍지만 서리를 맞으면 오히려 포근포근한 것이 껍질까지 먹어도 달고 부드럽다. 감의 씨를 감싸고 있는 살을 혀로 벗겨 먹으면 달콤하고 쫄깃한 맛이 그만이다. 아무리 맛이 있어도 택배에 터져서 온 감을 먹는 것은 곤욕이다. 그래도 언니의 정성이 아까워 버리지 못하고 모두 발라 먹었던 생각이 난다. 둘째 언니와 농로를 걸었다. 논두렁 사이사이의 공간에도 작물을 심은 흔적들이 남아있다. 이 겨울날에 초록빛은 무엇인가 보니 겨울 상추를 심어 놓았다. 많은 농지가 있음에도 땅을 최대한 이용한다. 흙에 대한 언니의 사랑이 넘치는 들녘이다.

둘째 언니의 삶이 대부분의 사람들이 살아가듯 평범해 보였지만 그 안에 어려움을 뚝심 있게 이겨내 온 지혜가 녹아 있었다. 농사에 묻혀 편안함을 잊은 채 살아온 언니의 무릎은 휘고 손은 삼태기같이 거칠고, 얼굴은 무늬가 생기고, 주름 골은 깊어졌지만, 웃는 모습은 여전히 활짝 핀 모란 같다. 젊은 시절, 어느 누가 '말 탄 임도 돌아보 것소' 하며 청혼했다는 이야기도 있다. 그런 언니의 아름다움이 지금 은 어디로 갔나 싶지만, 연륜과 함께 고고함이 묻어나는 모습이어서 다행이다. 언니와 2박 3일간 많은 이야기를 나누다 보니, 흙을 사랑 하며 숭고하게 살아오신 둘째 언니가 더욱 존경스러워졌다. 모든 것 을 자식처럼 동생을 챙기던 둘째 언니의 남은 생은 편안하시기를 바 래본다.

어머니는 몸으로 자식을 읽는다

"엄마, 이 정도면 돼요?"

"응."

"보지도 않고 어떻게 알아요?"

흠칫 귀가 쫑긋해진다. 무심히 잠자고 있던 내 안의 소리가 깨어 일어난 것 같았다.

셋째 언니와 언니 아들인 조카가 김장하며 나눈 대화였다. 주방에 있던 나는 김장하는 곳의 소리만 들릴 뿐 상황을 알 수 없었다. 절인 배추에 양념을 이 정도 넣으면 되느냐는 조카의 질문에 대한 언니의 대답이었다. 김장하다 보면 양념이 남거나 배추가 남거나 하여 두 가지의 비율을 맞추려면 많은 경험과 눈썰미가 필요하다. 언니는 배추의 양과 아들이 넣고 있는 양념의 양을 보고 1:1 비율이 맞아떨어질 거라는 것을 이미 한눈에 읽고 있었다. 나도 어렸을 적에 어머니에 대하여 조카와 같은 의문을 가진 적이 있었다. 내가 묻는 말에 어머니는 어떻게 보시지도 않고 '응' 하시냐고.

밭에서 풀을 맬 때의 일이다.

"어머이, 이거 풀이예요?"

"응."

"뽑아요?"

"응."

쳐다보지도 않고 대답하시니 정말 알고 대답하시는 건지 알 수가 없다. 그대로 두어야 하는 작물인지 뽑아내야 할 풀인지 확신이 없어 난감하기도 했다. 하지만 뽑아낸 것이 다 풀이긴 했다. 어머니는 이미 내 주변에 잡초만 있다는 것을 알고 계셨던 것이다.

어머니는 먼저 보낸 아들에 대한 아픔과 육 남매 양육 등의 힘겨운 삶에 시시콜콜 설명해 줄 마음의 여유가 없으셨는지도 모른다. 그러나 어릴 때 생각으로 내가 이러든 저러든 어머니는 내게 관심이 없으시다 생각되어 섭섭한 마음으로 기울어졌다. 언니들이 전하는 말에 의하면, 내가 두세 살 무렵, 내 허리에 보자기를 묶어주며 '고추 찾아와라' 하면 고추 찾는다고 방안 이곳저곳을 뒤지고 다녔다고 한다. 내 생각에 '아들을 원하신 건데 내가 태어난 거지. 내리 딸 넷 중 막내딸이라니 엉덩이깨나 맞았겠다.' 싶었다. 또 아버지는 나를 다리 밑에서 주워 왔다고 하셨다. 심지어 다리 밑에 가면 네 친부모가 있다고 하시기까지. 놀리는 것으로 듣긴 했다. 그런데 내 얘기에 집중하지 않는 듯 대답하시는 어머니를 보면, 어쩌면 내가 정말 다리 밑에서 주워 온 데다 여자아이여서 그럴 수도 있겠다는 생각이 들었다. 그것이 어머니가 내게 무심하게 대충대충 대답하시는 이유가 아닐까? 마음속에 엉뚱한 소설을 쓰고는, 이야기 속의 불쌍한 주인공인 양 샐쭉했다. 언니들의 사랑에 대한 확고한 믿음이 없었다면 내 마음속의 갈등은 더 오래갈 수도 있었을 것이다. 나중에 '다리 밑에서 주워 왔다'는 다리는 사람의 다리를 은유적으로 표현한 말이라는 것을 알았다.

'보지도 않고 어떻게 알아요?'

어머니들은 다 아는 것 같다. 쓱 지나는 눈길만으로도 자식의 움직임, 생각, 질문의 의도까지 읽어 버리는 것이다. 셋째 언니도 어느덧 그런 경지에 이른 건가 보다. 이번 김장 덕에 내 마음속에 깊숙이 들어앉아 있던 안개가 걷히는 것 같아 내 기분이 맑음이다.

그 집 앞

장마 때가 되면 홍수로 등교를 하지 못해 발을 동동 구르던 일을 떠올린다. 중학교 2학년, 여름방학이 다가올 무렵이었다. 억수로 쏟아지던 장대비가 그치고, 부슬부슬 이슬비가 내렸다. 비가 좀 잦아든 틈을 타 등굣길에 나섰다. 오수천을 가로지르는 다리를 건너야 하는데, 밤새 내린 비로 엄청나게 불어난 물이 다리 위까지 범람하고 있었다. 그 자리에 있던 다리를 흔적조차 찾을 수 없었다. 건너야 할 '멍청이 다리'가 온데간데없이 사라진 것이다. 이 다리는 높이가 양쪽 지면보다 낮은 데다 난간도 없었다. 이름 그대로 호우에 대책 없는 멍청한 다리였다. 물에 잠긴 다리를 평상시 기억대로 건너다 다리난간으로 떨어지기라도 하면, 급류에 휩쓸리는 사고로 이어질 것이었다.

어느새 옹기종기 모여든 사람들이 다리를 건너지 못하고 바라만 보고 있었다. 다리 건너편에는 선생님이 안전 지도를 하려고 나와 있었다. 짓궂은 남학생 하나가 다리를 건너려는 시도를 했다. 선생님이 다급한 몸짓으로 손사래를 치며 뭐라 고함쳤다. 그러나 그 소리는 물소리에 속절없이 묻혀버렸다. 아마도 위험하니 집으로 돌아가라는 말일 것이다. 애타는 선생님의 뜻을 받아들여 합법적으로 학교를 안 가니 이보다 좋을 수가 없었다. 이내 몇 발짝 거리의 자취방으로 돌아왔다.

얼마 후 들은 이야기이지만 그날 어떤 사람이 무리하게 소를 몰고 건너다 소가 발을 헛디뎌 떠내려갔다고 한다. 다행히 소를 건져 살리기는 했단다. 그런데 소가 물속으로 빠져들지 않고, 허우적거리며 물이 흘러가는 대로 몸을 맡기며 떠내려가더라는 목격담이 전해졌다. 그것은 살아남기 위한 소의 처절한 대응이었을 것이다.

오수천을 가르는 멍청이 다리가 시작되기 전, 오른편에 집이 두 채 있었다. 그중 한 집에서, 1학년 한 명과 2학년 세 명이 올망졸망 한 방에서 자취를 했다. 통학 시간대에 운행하는 버스가 없으니, 통학이 어려웠기 때문이었다. 개인공간을 체념해야 동거가 가능한 좁은 방이었다. 같은 2학년이어도 한 살 더 많은 언니가 있었다. 그 나이 때는 한 살의 역량이 꽤 컸는지 언니가 식사와 소소한 생활의 지혜들을 나누며 챙겨주었다. 네 명이 복작대면서도 재미있게 생활했던 일이 지금까지 좋은 추억으로 남아있는 것은 언니의 통솔력 덕분일 것이다. 어떤 연유인지 얼마 지나 우리는 두 팀으로 나누어 옆 마을로 방을 옮기게 되었다. 나는 나중에 합류한 3학년 선배 언니와 둘이고, 나머지는 셋이 한집에 살게 되었다. 내가 사는 방은 안채와 돌아앉은 방이었다. 부엌에서 불을 때, 난방과 식사 준비를 해야 하는 구조였다. 부엌은 문이 없어 밖에서도 안이 들여다보였다. 방문을 열면 나지막한 동산을 마주 볼 수 있었다. 장날에는 솔가리 나무를 사 와야 했다. 학교가 끝나고 나무를 사는 일은 시간 맞추기가 어려웠다. 나무가 떨어져 당장 밥 지을 나무가 없을 때도 있었다.

친구 셋이 살고 있는 집은 우리 자취집에서 50m쯤 더 올라가야 했는데 사랑방처럼 안채와 떨어져 있는 방이었다. 친구들 집에 가니 그 마을에 산다는 남학생 두 명이 와 있었다. 툇마루에 앉아 있기는 하나 서로 쑥스러워 얼굴을 제대로 마주 보지도 못한 채 이야기하고 있었다. 친구들 자취집이 그중 한 명의 집이라고 했다. 같은 학교 2학년이었다.

어느 늦은 가을날 아침, 방문을 여니 앞동산의 마른 풀잎 위에, 나무가 떨어져 나간 경사진 붉은 흙에 하얀 서릿발이 서 있었다. 밤에 꽤 추웠나 보다. 얼굴에 닿은 서늘한 기운이 상쾌했다. 부엌으로 갔다. 얼마 남지 않은 나무를 닥닥 긁어 아침밥을 할 참이었다. 그런데, 낯선 나무 한 단이 놓여 있었다. 나뭇단을 이리저리 굴려보았다. 검은 기름이 여기저기 묻은 두꺼운 목침을 쪼갠 것 같은 나무들이 묶여 있었다. 누가 가져다 놓았을까? 어쨌든 나무가 생겨 든든한 마음으로 쌀을 씻으러 마을 공동 우물로 갔다. 우물가 옆집 아주머니께서 콩나물을 주셨다. 콩나물 기둥이 통통하고 짤막한 것이 먹기에 알맞은 크기였다. 맛있게 생긴 노란 콩나물 떡잎이 투명한 물기를 머금어 상큼했다. 나무도 생기고 콩나물도 생긴 운수 대통인 날이었다. 콩나물을 주신 분은 우물가 옆집에 사는 남학생의 어머니였다. 자식과 같은 또래의 아이들이다 보니 마음이 아련했나 보다. 그 집 문간에는 키 큰 접시꽃이 빨갛게, 하얗게 집주인의 후한 인심처럼 참 많이도 피어 있었다.

두 남학생이 선배 언니에게 비밀스러운 일이라도 전하듯 말했다. 누군가 '미행'을 하니 조심하라고. 당시 나는 무슨 말인지 이해할 수 없었다. 우선 미행이라는 말이 생소했다. 평상시 우리 또래가 쓰는 낱말이 아니었다. 그래서 이 미행이라는 생경한 단어가 지금까지 기억되고 있는지도 모르겠다. 그 선배를 좋아하는 남학생이 있었던 모양이었다. 그렇다면, '선배를 좋아하는 남학생이 나무를 가져다 놓았나?' 선배는 왠지 나와 다른 세상을 알고 있는 것 같은 느낌이었다. 나보다 많이 성숙했던 것 같다. 그래서 같이 살기는 했지만 오히려 이웃집에 사는 친구들과 더 많은 시간을 보냈다.

학교에서 집으로 가는 길이었다. 소나기는 아니었으나 점점 옷이 젖어 드는 비가 왔다. 갑자기 오는 비에 우산도 없이 비를 맞으며 걸었다. 뒤에서 잰 발자국 소리가 들리더니 우산이 쓱 내 앞으로 왔다. 우물가 집 남학생이었다. 뛰는 가슴으로 차마 우산을 받지 못하고 무시하듯 그냥 걸었다.

나중에, 우물가 집 남학생의 아버지가 철도 일을 하신다는 것을 알았다. 철로를 건너다녀야 하는 등하굣길에 철로를 받치고 있는 침목을 유심히 살폈다. 통나무처럼 두꺼운 데다 검은 기름이 스민 모양새나 그 질감으로 보아, 부엌에 놓인 나무는 철도 침목을 쪼갠 나무가 틀림없었다. 그의 아버지가 철도 침목 보수작업 중 교체한 낡은 침목을 가져온 것 같았다. 그렇다면 나무는 우물가 집 남학생이 가져다 놓은 것 아닌가? 어디까지나 나 혼자 해 본 추리다. 틀리거나 맞거나 둘 중 하나일 것이다.

지금은 멍청이 다리 옆으로 아취까지 곁들여 멋지고 높은 다리가 생겼다. 멍청이 다리로 이어졌던 길이 구도로가 되고, 처음 자취를 했던 집터까지 없어진 모습을 보면, 나의 추억 하나를 잃은 것처럼 헛헛하다. 이사한 후 살았던 마을은 그대로 남아있기는 하지만 이곳도 많이 변했다. 그래도 한동안 도종환 시인의 '접시꽃 당신'이라는 시가 수많은 사람들의 마음을 적실 때, 그 집의 붉은 접시꽃이 생각났다. 오가며 그 집 앞을 지나노라면~ 가곡 '그 집 앞'을 들을 때면 그 집 생각이 났다. 고향길에 그 집 앞을 지날 때는 나도 모르게 시선이 그쪽으로 가곤 했다.

지금은 어느 노랫말처럼 희미한 옛 그림자가 되어 그 집 앞을 무심히 지나치게 된다.

수화기를 거꾸로 들다.

갑자기 핸드폰 오른쪽 끝에 세로줄이 생겼다. 형광빛 연두색 줄이다. 어제만 해도 아무렇지도 않았던 것이다. 주변에 물어보니 핸드폰을 떨어뜨려 액정에 문제가 생겼을 수도 있다고 한다. AS를 받으러가야 하나. 다행히 줄이 한쪽 끝에만 생겨 보는 데는 큰 불편이 없으니 자꾸 미뤄진다. 아직은 쓸 만한데 혹시나 교체해야 한다면 아깝다는 생각이 든다. 그래도 최신 핸드폰으로 바꿔 적응해 볼까. 처음 전화기라는 것을 잡았을 때만큼 당혹스럽지는 않을 것이다. 핸드폰 화면의 줄 생김 하나로 여러 생각들이 오간다. 예전을 생각하면 전화기에 관한 한 나는 엄청난 문명인이 되어 있다.

고등학교 2학년 여름쯤이었을 것이다. 선생님이 전화 왔다고 교무실로 불렀다. 월남(현재 베트남)에 간 오빠가 있느냐고 묻고는 눈짓으로 전화기를 가리킨다. 전화기 옆에 수화기가 내려져 있었다. 수화기를 잡아 귀로 가져갔다. 선생님이 웃으며, 수화기를 거꾸로 잡았다고 돌려 잡으라는 신호를 했다. 얼마나 민망하고 창피하던지, 전화를 끊고 돌아와 사촌오빠와 무슨 말을 했는지 기억도 잘 안 났다. 전화라는 걸 처음 사용해 보는데 통화를 어떻게 하는지 알 리가 없었다. 괜히 학교로 전화한 사촌 오빠만 원망했다.

월남에 파월 장병으로 갔던 사촌오빠가 돌아온 것이었다. 그때는 학교에서 국군 장병 아저씨들에게 위문편지 쓰기를 강력히 권고하던 시절이었다. 당연히 월남에 있는 사촌오빠에게 편지를 쓰고, 친구에게도 써달라고 했다. 친구와 사촌오빠 간에 편지가 몇 번 오갔다. 나중에 생각하니, 사촌오빠는 그 친구가 보고 싶어 학교로 전화를 한 것 같아 입이 삐죽 나왔다.

전화 적응기가 또 있다. 서울 오빠 집에 다니러 가게 되었다. 마을 소꿉친구가 서울에 살고 있었다. 친구 어머니께 서울 가서 만나보고 오겠다며 전화번호를 받았다. '2 - 1234' 번이다. 가게 옆에 공중전화 부스가 있었다. 주황색 공중전화기의 다이얼을 돌렸다. 2를 돌리고 다음의 - 표시를 돌리려고 아무리 찾아도 그 표시가 없었다. 지나가는 사람에게 묻기도 창피했다. 결국은 연락을 못 해 보고 돌아왔다. 지금 같으면 모른다는 게 뭐 그리 창피한 일이냐고 하겠지만 그때는 그랬다. 행여 시골 촌사람이라고 웃을 것 같았다. 어렵게 서울이라는 곳까지 가서 친구를 못 만나고 와도 어쩔 수 없을 정도로 유리알처럼 맑고 예민했던 시절이었다.

지금은 핸드폰 고유기능인 통신은 물론 생활 속의 많은 일들을 손 안에서 해결하며 집 밖으로 나가지 않아도 살아갈 정도로 잘 활용한 다. 그것은 아마 어렵게 전화 문맹기를 거친 결과가 아닐까. 그리고 무엇이든 새로운 것을 익히려는 의지다. 조금씩이라도 세상의 변화 속도에 따라가려 노력한다. 요즘 대세인 키오스크가 있는 곳을 일부 러 이용하기도 한다. 그냥 생각 없이 세월을 보내다 자손들과 소통도 안 되는 답답한 할머니가 되지 않기 위함이다. 최신 핸드폰 기능을 따라 쓸 줄 알면 최소한 세상의 흐름은 읽을 수 있지 않을까. 단순히 말을 주고받는 전화기 사용만으로도 가슴이 쪼그라들었던 내게 온 세상이 다 들어 있는 스마트폰 날개를 달아 세상을 훨훨 날아보자.

한여름 밤의 달빛 수영

　요즘 2024 파리올림픽의 수영경기를 보느라 밤잠을 설친다. 선수들이 물살을 가르며 나아가는 모습이 마치 물과 하나 된 물고기 같이 유연하고 힘차다. 사람의 몸에서 느껴지는 곡선의 아름다움이 진하게 다가온다. 메달을 딴 수영선수 인터뷰 중에 사지가 타들어 가는 것 같은 고통을 느꼈다는 말이 마음을 저리게 한다. 저 자리에 오르기까지 얼마나 많은 고난을 딛고 일어섰을지 가히 짐작이 간다. 생존 수영 정도라도 배우려다 소소한 어려움도 견뎌내지 못한 시절이 있었기 때문이다.

　한여름 밤 달빛이 교교하다. 아랫마을 후천리 냇물로 수영을 배우러 갔다. 익숙한 길이긴 하나 그래도 어스름 달빛이라 조심스럽다. 고즈넉한 시골의 냇가에서 아이들의 텀벙거리는 물놀이 소리가 정적을 깬다. 친구들이 바위 위에서 다이빙하고 물장구를 치며 지르는 환호성에 까무룩 졸던 별들도 눈을 반짝 떴을 것이다.

후천리의 냇물은 홍곡리와 세심리 방향에서 흘러 들어온 지류가 만나 제법 큰 냇물을 이룬다. 이 냇물은 순창 적성강을 거쳐 섬진강으로 흘러 나간다. 수영하는 곳은 냇물이 마을을 끼고 돌며 곡선으로 완만하게 흐르는 지점이다. 물이 제법 깊고 폭이 넓은데도 물살이 흐르지 않는 듯 순해서 밤마다 수영한다고 친구가 자랑했던 곳이다. 냇물에 대해 속속들이 알고 있는 친구는 내 손을 잡고 이끌었다. 냇가와 접한 마을 길을 건너고, 크고 작은 돌들과 모래가 섞인 두둑을 지나니 작은 냇물이 가로막고 있었다. 물이 얕은 곳으로 건너 큰 바위 위로 올라갔다. 냇물 가운데에 있는 큰 바위의 위엄은 달빛 아래에서도 당당했다. 바위 위에서 멀리 바라보이는 아스라한 마을 불빛이 따스해 보였다. 겉옷을 벗어 바위에 걸쳐 놓았다.

수영복이라고 반바지와 반팔 티셔츠를 겉옷 속에 입고 왔다. 살살 물속으로 들어가니 모래가 발을 간질인다. 친구가 물에서 노는 걸 보니 사람 몸이 어떻게 물에 뜰 수 있는지 신기하기만 했다. 첫날은 물속에서 동동거리기만 할 뿐, 끝내 물에 뜨지 못한 채 친구 집으로 자러 갔다. 친구 어머니가 우물에서 시원한 물을 길러와 미숫가루를 타 주셨다. 그날 밤, 얼마나 곤하게 잤는지 눈을 뜨니 아침이었다. 부랴부랴 짐을 챙겨 다른 사람들이 잠에서 깰까 봐 살금살금 나왔다. 상큼한 아침 공기에 심호흡이 저절로 나왔다. 신작로를 걷나가 우리마을 길로 접어들었다. 풀잎에 맺혔던 여름 이슬들이 튕겨 신발과 발목을 적셨다. 집 대문에 들어서니 아버지가 마당에 나와 계셨다.

"으흠."

아버지 헛기침에 지레 놀랐다. 무슨 말씀을 하려고 그러시나 내가 늦게 온 것은 아닌 것 같은데….

"아침 일찌감치 오지 말고 해 뜨거든 오니라."

아버지의 말씀이 무슨 뜻인지 몰라 어리둥절했다. 일해야 되는데 늦으면 야단맞을까 봐 더 자고 싶은 것도 꾹 참고 일찍 나서서 오는 길이었다. 어젯밤 놀기까지 했으니 오늘은 더 열심히 일할 참이었다. 친구는 친구대로 어머니께 지청구를 들었다고 한다. 정애는 벌써 일어나 갔는데 너는 아직도 자느냐고. 참, 속 모르시는 말씀이셨다.

한동안 아버지가 왜 '해 뜨거든 오니라' 하신 건지 의문으로 남았다. 세월이 좀 지나 생각해 보니, 과년한 딸이 이른 아침에 이슬을 쓸며 다니다 행여 동네 사람들 구설수에 오를까 염려하신 게 아닌가 싶었다. 아버지의 사려 깊은 헤아림이었다. 다음 날도 수영하러 갔다. 달이 기울고 어두워서 더 이상 수영을 할 수 없을 때까지 며칠을 갔다.

"어휴 답답혀. 야, 이렇게 물속에 머리를 박고, 엎드리랑게."

"힘을 빼랑게, 그런다고 안 빠져야."

그러면 몸이 자연히 뜬다고, 친구는 내 등짝을 후려치며 수십 번 반복해 말했다. 그게 어디 그리 쉬운가. 물속으로 꼬로록 빠지고 물을 먹는데 어떻게 엎드리라는 것인지 나도 답답했다. 그래도 그사이 수영 실력이 늘었다. 일단 몸이 물에 떴다. 점점 물에 대한 공포를 이기고 개헤엄과 개구리헤엄으로 전진할 수 있게 되었다. 수영을 배우러 갈 때마다 친구 집에서 자고, 친구 어머니는 미숫가루 음료와 감자, 옥수수를 삶아 주셨다. 어쩌면 수영보다도 그 맛에 더 반했는지도 모르겠다.

　교사가 되어 학생들과 함께 1박2일 캠프를 갔다. 캠핑에서 으레 하게 되는 것이 수영 프로그램이다. 학생들 체험용 수영장이니 깊은 곳이라고 해봐야 나의 가슴에 닿을 정도였다. 아이들과 함께 텀벙대며 물놀이를 하다 영희의 손을 잡고 뒷걸음질을 했다. 영희의 몸이 자연스레 엎드려져 물 위를 흐르듯 따라온다. 물에 뜨는 재미를 아는지 싱글벙글 함박웃음이다. 옛적, 달밤 수영 때 처음 물에 떴던 희열을 영희에게도 맛보게 해주고 싶었다. 내 팔을 물속에서 뻗으며 팔 위에 엎드리라고 했다. 무서워 망설이는 영희에게 '엎드려', '안빠져' 라는 말을 반복하며 안심시킨다. 내가 수영을 배울 때 수없이 듣던 말을 내가 하고 있는 것이다. 그래도 팔 위에 엎드리지 못하는 영희에게 시범이라도 보이듯 내 몸을 물속으로 날렵하게 날렸다.

　후천리에서 배운 대로 '머리를 물속에 넣고, 엎드리고, 몸의 힘을 빼고, 양팔을 젓고, 두 다리는 첨벙대며' 수영을 했다. 굳이 이름을 붙인다면 평영이라 할까. 시골 냇물에서 배운 실력을 뽐내기라도 하듯 숨이 차서 더 이상 헤엄쳐 나갈 수 없을 때까지 가서 멈춰 섰다. 귀가

멍한 것이 소리가 먼 곳에서 들리는 것 같았다. 아득하게 박수 소리 웃음소리가 들렸다. 아뿔사, 아이들과 선생님들의 시선이 일제히 나에게 쏟아지고 있었다.

"왜 제자리에서만 허우적거려요? 하하하."

"하하, 왜 자꾸 오른쪽으로 가요?"

내가 서 있는 자리를 보니 5m도 채 못 온 것 같았다. 그것도 앞으로 직진이 아니고 오른쪽으로 비껴서. 내 달밤의 수영 실력은 그렇게 한바탕 유쾌한 웃음으로 선을 보이게 되었다. 그래도 시골 친구들과 며칠 배운 경험으로 아이들의 물놀이를 도와줄 수 있고, 헤엄칠 수 있다는 사실만으로 가슴 벅차고 뿌듯했다. 그때의 경험이 내 안에 남아있다가 이렇게 쓰임이 되어 돌아온것이다. 세상에 쓸모없는 경험이라는 것은 없는 것 같았다.

이후 수영을 제대로 배우고자 여러 번 시도하였으나 한쪽 방향으로 나가는 습관이 고쳐지지 않았다. 더구나 속도도 나지 않으니 수영장 라인에서 다른 수강생들의 진로를 막게 되어, 라인 한쪽으로 비켜주어야 했다. 자신감이 떨어지고 남에게 민폐가 된다는 스트레스 때문인지, 어느 때부터인가 이마가 물에 닿기만 하면 머리가 깨질 듯 아팠다. 그야말로 머리를 물속에 넣고 엎드려야 몸이 뜰 것인데 방법이 없었다. 어쩔 수 없이 수영 배우는 것을 그만두었다.

물과 친밀하지 않으니 물에서 즐기는 운동을 할 줄 아는 게 없어 무척이나 아쉽다. 그래서 더욱 올림픽까지 참가하게 된 수영 선수들에게 부러움이 담긴 찬사와 존경을 보낸다.

박사골마을의 꿈

 1998년도 MBC 다큐로 면 단위에서 박사 배출을 가장 많이 한 곳으로 박사골마을이라 소개되었던 곳, 부모님께서 돌아가실 때까지 사셨던 곳, 고향 마을에 들렀다. 어린 시절의 많은 추억들이 서려 있는 곳이다.

 5, 6세 정도였을까? 이 마을로 이사 오던 날의 기억이 생생하다. 도로에서 내려 마을을 가려면 냇물을 건너야 했다. 큰 바위 징검다리가 있었다. 차돌처럼 단단해 보이는 징검다리는 매끄럽게 닳아 빛이 반사되었다. 냇가 가장자리에 병풍처럼 우뚝 서 있는 큰 바위 밑을 물이 휘돌아 흘러갔다. 푸른빛이 도는 깊은 물에 오색찬란한 피리가 놀았다. 일부 가족들은 먼저 이사 갈 집에 가 있었던 것 같다. 마중하러 오는 둘째 언니에게 했던 말이 생각난다.

 "성, 성 우리 이사 간다, 이사 가."

부모님이 돌아가시고 이미 매매된 옛집에는 다른 사람이 살고 있어 밖에서만 둘러보고 마을을 한 바퀴 돌았다. 친척이 대부분이었던 마을에 사람들도 바뀌어 아는 사람이 없고, 마을의 모습도 변하여 낯설다. 가슴 한편이 빈듯하다. 많은 세월이 흘렀음이 누군가 짚어주지 않아도 공기로, 느낌으로 와닿는다. 성동저수지로 올라갔다. 참 많이도 힘들었으나 산세의 아름다움이 위로가 되었던 곳이다. 저수지를 둘러싼 산과 숲, 푸른 하늘이 한 폭의 수채화다.

저수지 저 건너편 산에서 땔나무를 했다. 솔가리를 갈퀴로 긁어 가리나무 동을 만드는데 부엉부엉 부엉이 소리가 들렸다. 순간, 마음이 급해지고 숨이 가빠졌다. 솔가리를 모으는 재미에 빠져 날 저무는 줄을 몰랐던 것이다. 산속의 어둠은 구름이 달을 가리듯 빨리 찾아오는 법이다. 혼자 감당하기 어려운 무서움에 모아놓은 나뭇가리를 남겨두고 숲길을 빠져나왔었다.

저수지에서 흘러내리는 물 위에 놓인 다리를 건너 올라가면 다랭이 논이 있다. 모내기를 끝내고, 일이 다 끝났다고 삿갓을 집어 드니 그 밑에 또 한 다랭이가 있더라는 이야기가 있다. 삿갓으로 덮일 만큼 작은 농지라는 의미의 다랭이 논들이 올망졸망 곡선을 이루며 계단처럼 붙어 있다. 빗물에 의지해 농사를 짓던 천수답이다. 물이 없으니 가뭄에 강한 산두벼를 심었다. 산두벼는 밭에 심는 벼다. 알이 굵고 잘 여무나 수확량은 일반 벼보다 적었다. 지금은 다랭이 논을 아름다운 풍경으로 즐긴다. 남해 어느 마을은 문화 관광지로 지정되어 경제적 수익을 주지만, 먹고살기 위한 농지로만 생각하면 죽을 맛인 땅이 다랭이 논이다. 지금은 누가 그리 악착같이 농사를 짓겠는가. 그곳이 논이었던 적이 있었나 싶게 풀과 나무로 우거져 비탈진 산이 되어 있다. 감나무도 많았다. 감은 따기도 힘들었지만 운반이 더 큰 문제였다. 자루에 담아 무거운 것을 머리에 이면 둥글둥글한 것이 밑으로 처져 내려 눈 앞을 가리고 감꼭지가 머리를 찔렀다. 모든 농사의 수확물 운반이 그랬다. 머리에 이고, 손에 들고 날라야 했다. 짐을 꾸려, 높은 곳에 올려놓고 머리에 인 다음, 쉬지 않고 집까지 한달음에 와야 했다. 도중에 쉬면 다시 일어설 힘이 없었다. 집에 와서 토방에 짐을 부리면 무게에 눌렸던 머리가 시원~해지며 눌렸던 목이 쑥 올라오고, 몸이 날아갈 것처럼 가벼워졌다.

그 당시에는 왜 우리 논과 밭이 모두 멀리 있어 운반의 어려움을 겪어야 하는지 생각해 보지도 않았다. 아버지의 퇴직으로 궁핍하던 중에 교직에 복직을 하시고 한 씨 집성촌인 이 마을에 터를 잡으셨다. 종중 땅 농사도 지으시며 살림을 일구다 보니 멀리 있는 값싼 땅들을 사신 것이었다. 오빠와 언니들은 큰 고생을 했다고 하지만 나는 눈치가 없었는지 어려움을 못 느끼고 자랐다. 아버지께서 출근하시고 농사일을 할 사람이 없으니, 당연히 내가 해야 된다고 생각했다. 고향 친구 중에도 나만큼 농사일을 한 사람은 없을 듯하다.

어느 친구가 말했다.

"선생 딸이라 곱게 자란 줄 알았어."

어떻게 얻게 되었는지 기억은 없지만 우마차만큼이나 큰 리어카가 생겼다. 리어카를 끌고 내리막길을 내려갈 때는 밀어붙이는 무게를 감당하지 못해 리어카가 나를 통과하여 아래로 내리쏠 것만 같았다. 리어카를 뒤로 젖혀 브레이크를 바닥에 끌며 내려오니 이제는 내 몸이 리어카의 손잡이에 대롱거린다. 허나, 이것도 요령이 생겼다. 손잡이를 적당히 내리누르며 앞과 뒤의 무게중심을 잡고 내려오니 안정감이 생겼다. 리어카를 이용하니 훨씬 편해졌다. 어머니께서도 무거운 짐을 나르는 딸을 조금은 덜 안쓰러워하시게 되었다. 우악스런 청춘이어서 가능했던 농사일들이었다.

이 청춘에 서울 구경이라도 해 보고 싶던 차에 서울의 한 우체국 저금계 계약직으로 취업했다. 지금은 없어졌지만, 저축을 장려하던 때여서 초등학교로 저금을 걷으러 갔다. 계장 이하 3명이 출장을 가면 학생들이 통장과 돈을 들고 차례를 기다렸다.

월급날, 계약직이라고 정규직과 다른 곳에 가서 월급을 받아야 하는 것이 유쾌한 일은 아니었으나 당연한 것으로 받아들였다. 오히려 민망한 표정으로 딴청을 부리는 동료들 보기가 미안했다. 따뜻한 사람들이었다. 가끔 어떻게들 살고 있는지 궁금해진다. 1년여 정도 근무했을 때 아버지가 집으로 불러 내리셨다.

특수학교 교사 자격시험 공고가 있었다. 교육대학교에 낙방하고 실의에 찬 딸을 다시 일으켜 세우시려는 것이었다. 아버지께서 공부

할 교육학 교재 준비와 학습지도안 쓰는 법 등을 가르쳐 주셨다. 가고 싶은 길을 갈 수 있는 기회였다. 대구대학교로 시험을 보러 갔다. 1, 2차 필기시험까지 치르고 면접시험이었다. 면접관이 질문했다.

"특수학교 교사가 되려는 이유가 무엇입니까?"

마을의 장애아가 교육을 받지 못하고 집에 있는 것이 안타깝다. 가르치고 싶다고 답했다. 그 후 특수학교 교사 자격을 받고 인천의 한 사립학교에 임용되었다. 그렇게 상경하던 날, 마을 한 어르신이 그러셨다.

"리아까를 두고 어떻게 간다야!"

그러나 그 교육자의 길은 리어카를 끄는 정도의 시련에 비할 바가 아니었다.

지나간 것은 지나간 대로

4

되돌아가고 싶은 첫걸음

인천에 있는 학교에 첫 발령을 받았다. 장애인 사회복지 시설과 같이 있는 사립특수학교였다. 3월 개학을 앞두고 2월부터 미리 근무하게 되었다. 낮에는 수업하고 밤에는 생활관에서 장애아이들과 함께 지내며 생활지도를 겸하는 일이었다. 열악한 조건이었지만 문제가 되지 않았다. 경제적 여유 없이 오게 된 입장에서 오히려 숙식이 해결되니 좋은 점도 있었다.

어느 날 구급차가 왔다. 하얗다 못해 파리해 보이는 어린 여자아이가 구급차에 실려 갔다. 난생처음 아픔과 죽음이라는 것을 생각하게 되었다. 충격적이었던 그 일로 아이들의 발달장애뿐만 아니라 허약한 건강 문제도 더 깊이 이해하게 되었다. 아이들과 친구가 되어 놀이 속에 체력과 인지능력을 기를 수 있는 신체활동을 주로 했다. 아이들이 즐거워하는 모습을 조금이라도 더 보기 위해 무던히 애를 썼다.

밤낮을 함께하는 동료들과의 재미도 있었다. 단지, 어려운 것이 있다면 식사 문제였다. 융통성 없는 급식실 조리사의 음식 솜씨는 털털한 식성을 가진 나를 질리게 만들었다. 기름에 볶긴 했으나 퉁퉁 불은 어묵, 시다 못해 물러진 양배추 물김치, 최대한 부푼 흰콩 조림이었다. 같은 부식이라도 조리법을 조금만 달리해주면 좋으련만, 늘 같은 조리법이었다. 성장기의 아이들에게 제공하는 균형 잡힌 영양식은 염두에도 없는 듯했다. 조리사에게 영양식을 바란다는 것 자체가 무리였는지도 모른다. 지금 생각해도 지혜가 조금 부족한 사람이었다. 어느 날, 통근하며 도시락을 가지고 다니는 총각 선생이 식당으로 와서 식사 중인 우리들을 휘익 둘러보았다. 밥을 먹다 말고 왈칵 쑥스러움이 올라왔다. 식사 메뉴에 투덜거리면서도 잘 먹고 있는 내가 겸연쩍었고, 두고두고 인간의 본성에 대해 생각하는 계기가 되었다.

2월의 날씨는 밤에 추위를 더 생생하게 느끼게 했다. 생활관에서 야간 근무로 배치받은 방에 들어서니 서늘하고 눅눅했다. 아이들과 같이 카키색 미군용 매트 위에 군용 담요를 깔고, 덮고 누웠다. 바닥에서 냉기가 올라왔다. 몸이 자꾸 새우 등처럼 오그라들었다. 새벽녘에 방바닥이 미지근해지나 싶더니 그 온기는 도둑고양이처럼 지나가 버렸다. 밤을 새우다시피 하고 아침에 매트를 접으니 아래가 축축했다. 다음 날 두 개를 깔아도 올라오는 습기는 마찬가지였다.

방수 처리가 안 된 화장실까지 방 안에 있으니, 습기가 더 심한 것 같았다. 뇌성마비로 지체 장애가 있는 인수라는 남자아이가 있었다.

그 아이는 야뇨가 있었다. 인수에게 가장 필요한 것은 스스로 이동할 수 있는 능력을 기르는 것이 우선이라는 생각을 했다. 체력 향상을 위해 신체활동을 많이 시킨 것이 고단하여 야뇨를 더 발생시켰는지도 모른다. 아침에 일어나 나와 눈이 마주쳤을 때, 입을 오므리며 울상짓는 표정을 보면 이불에 실수했다는 것을 알 수 있었다. 인수의 그 표정은 6개월의 짧은 근무 기간이었지만, 내내 나의 마음에 걸리는 일이 되었다. 어린 마음이 얼마나 긴장했을까, 내가 따뜻한 보호자였어도 그런 표정을 지었을까. '괜찮아, 그럴 수 있어.' 라고 토닥이고 보듬어주지 못한 것이 아닐까 하는 생각이 줄곧 들었다.

몇 년 전 그 학교를 방문하게 되었다. 나는 혹시나 인수가 그 시설에 남아 있을까 하는 기대를 안고 찾아갔다. 시내 외곽으로 기억되던 학교는 도심 한복판이 되어 옛 그림자는 찾을 수 없었다. 학교 시설은 학생들의 직업 재활시설까지 잘 갖추어 발전된 모습이었다. 오래전 그 사회복지 재단과 학교 이름이 변경되었다는 것은 알고 있었으나 교직원들까지 모두 바뀔 줄 미처 몰랐다. 인수에 대해 물어 봐도 아는 이가 없었다. 잘 자랐으리라 생각하면서도 인수를 만나 토닥여주고 미안했다고 말해주고 싶었는데 안타까웠다.

인수가 잊혀지지 않는 것은, 나의 보살핌을 필요로 한 첫 아이였기도 하지만, 서투른 초년생의 미숙함으로 배려를 잘해 주지 못한 것에 대한 미안함이 앞서기 때문이었나. 첫 교직을 설렘과 두려움과 열정으로 시작했지만, 부족한 점이 많았던 만큼 아쉬움이 많이 남는다. 어느 드라마처럼, 현재에서 과거로 돌아가는 시간여행을 할 수 있다면, 다시 만나 그 아이의 마음까지 어루만지며 보살펴주고 싶다. 인수와의 만남은 교직 생활 중, 아쉽고 미련이 남는 일 중 하나로 가슴 한편에 자리잡았다.

인생의 멘토를 만난다는 것은

갑자기 코가 시큰해지며 눈물이 났다. 여기 두 번째 학교로 옮겨와 치른 신고식 같은 연구수업 평가 중이었다. 그 눈물은 평가에서 지적 받은 것에 대한 설움만이 아니었다. 가슴을 짓눌렀던 연구수업이 끝 났다는 것에 대한 안도감 등 복합적인 것들이 마음을 울컥하게 만들 었다. 임용 후 처음 하는 초등과정 실과 연구수업이었다.

수업은 '기본 바느질' 에 관한 것이었다. 학생들이 할 수 있는 정 도에 따라 시침질, 홈질, 새발뜨기 등을 했다. 개별로 돌아보며 시범 을 보이고 따라 하게 했다. 학생들의 흥미나 집중도가 높아 보였다. 개별화 수업으로 큰 어려움 없이 진행되었고 마무리도 잘 된 것 같았 다. 그러나 수업 시간보다 더 어려운 것은 연구수업 평가 시간이었 다. 대부분 '교사의 발언이 적다' '설명이 부족하다' 는 부정적인 의 견들이었다. 학생들과 적절하게 묻고 대답하는 상호작용이 부족했다는 평가다. '아니, 학생들이 잘 따라 하는데 뭔 설명을 그리 많이 해야 하는가' 속으로 중얼거렸다. 긴장된 탓에 수업을 자신감 있게 진행하지 못한 것에 대한 아쉬움은 내가 더 큰 것 아닌가. 그러나 지나고 생각해 보니, 꼭 그 부분만 부족했을까? 아마 미흡하기 그지없는 수업이었는데 그 정도 평가로 지나가 준 것으로 짐작된다.

연구수업 평가가 끝나고 교무부장님이 눈물을 훔치고 있는 나를 향해 말했다.

"어디 연구수업 평가하겠어요."

부드러운 듯 단호한 말이 내 가슴에 그대로 꽂혔다. 이 말이 지금까지 잊히지 않은 것은, 평가에 울 정도로 자신 없는 교수 실력이라는 사실이 부끄러웠기 때문이었다. 하지만 여러 부정적인 의견들이 섭섭하지는 않았다. 오히려 나를 가르쳐 주고, 키우고자 하는 따뜻한 관심이라는 것을 느꼈기 때문이다. 교무부장님이 평가에서 나온 이외의 의견도 말해주었다. 그것은 교수법을 더 배워 단단하게 다지는 계기가 되었다.

이런 평가 의견들 하나하나는 자양분이 되어 신출내기에서 더 성숙한 교사로 커가기 위한 디딤돌이 되었다. 어떤 평가나 질문에 대해서도, 교육적인 측면에서 의도한 계획대로 지도한다는 주관을 갖게 되었고, 그렇게 교육철학을 정립해 나가는 길을 찾아가고 있었다.

그 특수학교는 1981년 당시, 특수교육의 선구자 역할을 하는 학교라 했다. 아직은 특수교육에 대한 인식과 지원이 미비한 시기였으나, 학교 시설과 교육 시스템을 갖춰 학교 나름의 교육과정 체계가 잡힌 학교였다. 그러나 이 학교도 역시 교사들이 낮에는 수업을, 밤에는 기숙사에서 돌봄을 겸하는 학교였다. 때마침, 교사들은 출. 퇴근을 하게 해 달라는 요청을 하고 있었다. 교사들이 주야로, 교사와 생활지도사로 이중 근무를 하는 것은 과중한 업무였다. 다행히 교사들의 출. 퇴근이 허용되어 학교 앞에 100만 원짜리 전세방을 얻었다. 그래도 주야 근무로 숙식이 해결된 덕에 생활비가 절약되어 전세금을 모을 수 있었다.

부엌을 통해 방으로 들어가는 부엌 한 칸, 방 한 칸인 문간방이었다. 전세방에 동료 선생님들이 집들이를 왔다. 변변한 살림살이가 있을 리 없었다. 주황색 플라스틱 바가지에 물과 오렌지 가루를 넣고 휘저어 오렌지 주스를 만들고, 남아 있는 채소를 다 넣어 부침개를 했다. 이후 바가지 오렌지 주스와 부침개는 추억의 이야깃거리가 되었다. 여기에서 산 책장을 겸한 책상이 나의 애착 보물 1호가 되어 오랜 기간 함께했다. 연탄가스 중독을 일으킨 적도 있었지만, 한동안 나만의 독립공간을 처음 가져보는 뿌듯함에 젖어 지냈다.

집 골목길에서 나와 솔향이 짙은 소나무 숲을 걸어 학교 길로 들어서면 코스모스 꽃길이 교문까지 이어졌다. 교문에 도착하면 가벼운

지적장애가 있는 호태 씨가 열쇠를 자랑스럽게 꺼내 교문을 열어주었다. 교문을 지키며 오가는 사람의 통제권을 쥔 호태 씨의 일에 대한 자부심은 아무 책임과 근심 걱정 없는 순전한 즐거움에서 나오는 것이었다. 잘생긴 어느 영화배우 같은 모습에 맑은 함박웃음으로 출근길을 맞이해 주는 호태 씨와의 첫 대면은 하루의 시작을 상쾌하게 했다. 이곳 두 번째 학교는 교사로서 한 인격체로 성장하도록 나를 키웠으나, 혹독한 길을 걷게도 했다.

정년퇴직 이후, 사회 초년생이 되어 다시 새로운 의욕으로 가득 찼다. 이곳저곳 기웃거려 보니 초보 수준이라도 배울 수 있는 것들이 다양했다. 새로운 것을 배우며, 교육계 밖의 사람들을 폭넓게 만날 기회가 많아지니 생활에 활기를 더했다. 그런 가운데 내가 소속된 곳마다 한 명씩은 인연을 맺어야겠다고 생각했다. 사람을 얻는 것이 결국 삶을 풍요롭게 한다는 것을 깨달았기 때문이다. 그런 마음으로 옛일을 바라보니, 이 학교에서 비록 어려운 길로 들어서게 되었지만 내 교육 인생의 멘토를 만났으니 더 없이 감사한 일이라는 생각이 들었다. 현재까지 40년 이상의 인연을 이어 가며 격정의 고비를 맞이할 때마다 내 편이 되어 지혜를 나눠주고 응원해 주는 사람이 있다는 것은 행복한 일이다. 평생 멘토를 만난 것만으로도 이 학교에서 근무한 시간은 무엇과도 바꿀 수 없는 보석같은 시간이 되었다.

지나간 것은 지나간 대로

오늘도 수원 남문 버스정류장을 지난다.

여기를 지날 때면 '그래, 그때 그런 일이 있었지' 하며 웃음 짓게 되었다. 이제는 내 안에서 삭을 대로 삭은 일들을 내보내고 허허롭게 웃을 때가 된 것이다. 내 의지와는 상관없이 교직을 사직하고 실의의 한복판을 지나던 때였다. 마음도 아픈데 사기꾼까지 만났다.

영등포역 앞 버스정류장이다. 젊은이가 다가왔다. 집에 갈 차비가 없단다. 차비를 빌려주면 갚겠단다. 말없이 비켜섰다. 다시 길을 막아서며 애원하듯 말했다. 남의 사정 헤아릴 여유도 없었다. 시시비비를 가려 대꾸할 여력도 없어 그냥 주었다. 날짜와 시간까지 정해 돌려주겠다며 도로 건너편 다방에서 보자고 했다. 그날이 왔다. 당시 그냥 어디든 가고, 무엇이든 정신을 쏟아야 살 것 같았다. 그렇다고 누굴 만나고 싶은 것도 아니었다. 일단 집 밖으로 나왔으나 목적지가 없으니 핑계 삼아 그냥 그 다방에 갔다. 내가 왜 여기 앉아 있는지 생각하다 속울음이 터졌다. 이게 어디 울 일인가? 이걸 빌미로 그동안 눌려 있던 서러움이 터지고 만 것이다. 사람들의 시선이 꽂히는 게 느껴졌지만 어쩔 수 없었다. 방에 혼자 있을 때는 울고 싶어도 눈물조차 메말랐던 시간이었다.

그 해 2월, 학급이 줄어 교사 정원이 과원이라 했다. 가장 늦게 임용된 순서대로 3명이 사직하라는 학교의 요구였다. 그중에서도 내 임용이 가장 늦었다. 아무 대책도 없이 사직서를 쓰고, 교무실에 오니 난롯가에 앉아 담소를 나누는 동료들의 분위기는 위기를 넘겼다는 안도감을 감추지 못하고 있었다. 아, 이런 것이구나… 하는 느낌과 함께 사직을 실감했다. 그 사직으로 인해 앞으로 어떤 세상이 펼쳐질지 예견하는 현실감이 없었다. 사직서를 낸 3명이 교육부 담당자를 찾아갔다. 어렵게, 반기지 않는 면담이 이루어졌다. 그러나 책임이나 기대할 수 있는 말은 어디에도 없었다.

방송통신대학교 초등교육과 수업을 받는 중이었다. 어느 선생님이 나보다 임용이 앞섰던 두 교사는 학교에 복직했다는 말을 전했다. 이 소식은 사직할 때보다도 더 큰 충격으로 다가왔다. 정신이 아득하여 빈 강의실로 갔다. 울렁이는 가슴을 진정시켜야 했다. 학교에서 두 교사를 복직시키며 혼자 남는 나에게 어떤 설명조차 없었다는 게 믿기지 않았다. 어떤 이는 그랬다. 그 이야기를 꼭 나에게 전해 주어야 했냐고. 그것은 아직도 자신있게 판단하기 어렵다. 나에게 알려주는 게 좋았을까? 묻어 두는 게 좋았을까? 어쨌든, 험난한 세상에 대한 실망과 절망감에 무기력해졌던 마음에 오기가 생겼다. 그렇게 마음을 다잡고 공부해 보려고 영등포에 있는 학원을 알아보고 나오는 길에 그 사기꾼에게 낙첨된 것이었다. 다방에서 울음을 토해내고 나니 속이 후련해졌다. 오히려 울게 해 준 사기꾼한테 감사한 생각도 들었다. 성년이 된 20대 후반 나이에 집에 갈 수도 알릴 수도 없는 일이었다. 방 한 칸, 부엌 한 칸의 공간에서 마냥 천정만 보고 있을 형편도 아니었다. 마음을 가다듬고 무엇이든 부딪혀 보기로 했다. 다른 학교 교사 채용공고에 응시했다. 남자가 필요하단다. 남자 이상으로 열심히 하겠다 했으나 연락은 없었다.

발달장애아 가정교사를 하다가 장애인 사회복지시설 생활 지도사로 일하게 되었다. 법인해서 1년 후 사립특수학교를 설립할 계획이었다. 그해 12월이 다가오고, 학교마다 교사 채용공고가 나기 시작했다. 법인에서는 학교를 개교한다는 소식이 없으니 불안했다. 개교가 안 된다면 다른 학교를 알아보겠노라 하니, 더 기다려보라 했다. 어느 날, 로비에서 지체부자유 원생의 걷는 훈련을 하고 있는데 체격이 큰 남자가 빛을 가리며 들어섰다. 둘의 눈이 마주치는 순간 서로 몸이 굳어 일시 정지 상태가 되었다. 과원 퇴직에 대해 탄원하러 가서 만났던 교육부 담당자였다. 그는 학교 설립에 대한 현장 실사를 나온 것이었다.

학교 개교로, 학교와 가까운 곳에 방을 얻었다. 수원에 나왔다가 집으로 가는 버스를 타기 위해 남문 버스정류장에 서 있었다. 시커먼 남자가 다가왔다.

"집에 갈 차비가 없어서... 빌려주시면 갚겠습니다."

언젠가 들었던 느낌의 말투, 내용이었다. 그래, 영등포역, 그 자식이다!

"야, 너 아직도 그러고 사냐!"

허, 이런! 나도 모르게 말을 내뱉은 순간, 무슨 행패를 당할지 모른다는 생각이 스쳤다. 가슴은 이미 두방망이질을 해대고 있었다. 앞으로 무조건 뛰어 북수동 성당 앞까지 왔다. 그제야 뒤 돌아서 쫓아오지 않는 것을 확인하고는 숨을 몰아쉬었다.

내가 왜 도망쳐야 하는가? 이 나약함이라니. 나 자신에게 화가 났다. 영등포역 앞에서 거짓이라는 걸 예감하면서도, 그래도 정말 사실대로 차비가 없고, 내가 준 여비가 작은 도움이라도 되었기를 바랐다. 그런데, 저자는 아직도 지역을 바꿔가며 동정심에 호소하는 사기 행각을 하고 있다. 2년이라는 세월 동안 여전히 사회악의 굴레에서 벗어나지 못하고 있는 것이다. 어떻게 살아갈 것인가는 자신의 선택이라는 생각이 들었다. 잘 견디며, 잘 살아온 나를 응원했다. 그리고 이 좀스러운 사기꾼이 바른 삶을 살기를 염원했다.

어쩌다 지인과 사직 시절 이야기가 나오면 속절없이 눈물부터 앞섰다. 미리 눈시울이 붉어지니 민망하기 그지없었다. '살아가는 한

과정이었다고… 세상엔 그보다 더한 일도 있을 수 있다' 고 긍정적으로 생각하는데도 눈물은 어쩔 수 없었다. 그 일을 겪으며, 복잡다단했던 사유들이 마음 저 깊은 곳에 나도 모르는 눈물샘 하나를 파 놓은 것 같았다. 아마도, 그 눈물은 감정보다 무의식에 작동하는 아무 성분이 없는 단순한 물임이 분명했다. 그렇지 않고서야 몇 년이 지난 일에 그리도 눈물이 흐른단 말인가.

이제는 웃으며 이야기한다. 그래도 가슴이 요동은 치는 건 어쩔 수 없다. 상처의 흔적이 아예 없어지지는 않는 모양이다, 초연해질 뿐. 생애에 안 겪으면 좋았을 일이지만, 닥친 일이라면 견뎌 주는 게 이기는 것이다. 그리고 단단해진다. 가수 이적의 '걱정말아요 그대' 라는 노래가 있다. 그 노래 한 구절에 진하게 공감한다. '지나간 것은 지나간 대로 그런 의미가 있죠' 라는. 나쁜 일이 완전히 무의미한 것만은 아니다. 나쁜 일 중에 배우게 되는 것, 얻게 되는 것이 있다. 힘들었던 경험이 살아가는 방향을 잡아 주기도 하고, 여러 가지 경우의 대처 능력도, 공감 능력도 향상시킨다. 어려운 시기를 잘 견뎌낸 내 자신을 토닥이고 존경한다. 이런 일들이 오늘의 나를 만든 것이었다. 지난 것은 지나간 대로, 다 그렇게 의미가 있는 법이다.

스승님을 만나고, 이별하고

　드디어 1년의 기다림 끝에 찾아온 특수학교 개교다. 3월1일 개교를 앞두고 임용된 교사들이 2월부터 출근하여 개교 준비를 하고 있었다.거의 초임 교사들로 이루어진 조직이지만 모두들 서툰 중에 열심히 새로운 서막을 준비하고 있었다. 가장 시급하고 중요한 것은 학생 모집과 학급 편성이었다. 교장 선생님께서 학생 명단에 학생들의 생년월일과 만 나이를 적어 넣으라 하셨다. 그 계산을 어떻게 할지 몰라 주춤거렸다. 그나마 교육 경력이 있다고 연구부장으로 지명했는데 학생들의 만 나이 계산도 못 하고 있으니, 교장 선생님이 얼마나 답답하셨을지 짐작이 간다. 지금 생각해도 민망하기 그지없다.

　그래도 가르치며 끌고 가주셨다. 당시는 인쇄기도, 컴퓨터도 공급되지 않은 시기라 틀리면 다시 쓰기를 반복해야 했다. 복사본이 필요

할 경우는 먹지를 대고 썼고, 다량일 경우는 원지(기름종이)에 철필로 글씨를 새기고, 유성잉크 롤러를 굴려 등사를 했다. 개교 이래 처음 맞이한 교생에게도 프린터의 조상 격인 이 등사 방법을 가르쳤다. 하지만 다음 해에 교육청에서 인쇄기가 지급되어 등사할 필요가 없어졌다. 세상이 발전해 가는 것을 한 치 앞도 못 보고 교생에게 가르친 것이었다. 그 무용지물이 된 등사 방법을 익혔던 교생인 장 선생님이 올해 정년퇴임을 한다. 세월이 쏘아 올린 화살처럼 참 빨리도 흘렀다.

학교를 새로 세우는 일이니 갖추어야 할 서류며, 시설 등의 준비가 숙식하며 일을 해도 끝이 없는 듯했다. 개교한 해 2학기에 첫 장학지도를 받았다. 좋은 평가를 받기는 했으나 시작에 대한 노고를 응원해 주기 위한 평이 아닌가 싶다. 어찌했든 학교 형식의 틀은 잡힌 것이었다. 장학지도 일원들이 학교를 출발하자마자 선생님들이 모두 교무실로 우르르 모여들었다. 누가 모이자 한 것도 아닌데 마음이 통한 것이었다. 물컵으로 축배의 잔을 높이 들었다. 그때의 기쁨과 뿌듯함이라니 돌이켜 보면 그때는 나라라도 세운 것 같았다.

그해 겨울 EBS 방송의 해 뜨는 교실 '현장 특수교육'에 출연하고 경기도 교육청 방학 생활 장학 자료를 집필해 내고, 발달장애아를 위한 에어로빅을 개발하고 보급했다. 2~3년의 짧은 기간에 교장 선생님이 그간 쌓아 오신 풍부한 경험을 아낌없이 쏟아내시고, 혼신의 힘을 다해 이끌어주셨다. 교사 개개인의 특성을 어쩜 그리도 잘 파악하셨는지, 적재적소에서 모두가 자신의 기량을 마음껏 펼칠 수 있도록 해 주셨다. 덕분에 교장 선생님의 교육행정을 체계적으로 배우고, 특수교사로서 가야 할 교육자의 길을 정립해 가는 초석이 되었다. 그는 교육 인생의 스승님이셨다. 그렇게 이어진 인연으로 오랫동안 조언과 응원을 아끼지 않으시고 돌보아주셨던 교장 선생님께서 운명하셨다. 학교 초창기의 일꾼들이 모여 가슴에 구멍이 뚫린 것 같은 마음으로 애도하고, SNS에서도 마음을 나눴다.

이 선생님의 첫 글

교장 선생님을 영원히 떠나보내며

학교 초창기 때 교장 선생님을 모셨던 옛 전우들이 영전에 모였습니다. 40년 가까운 세월이 흘러갔지만, 그때 고생스러웠던 개교 시절을 회상하며 추억담을 나누었습니다. 임 교장님께서 당신의 마지막 가시는 길에 우리들을 부르셨습니다. 최 선생, 한 선생, 강 선생, 장 선생, 김 선생, 오 선생, 홍 선생, 이 선생. 이승을 떠나기 전 너희들이 꼭 보고 싶다며…

"깐깐한 나 때문에 모두 고생들 많았소."

임 교장님께서 그렇게 우리를 위로하신 것처럼, 저세상에서도 한 분 한 분을 위해서 기도해 주시겠지요.

겨울바람이 유난히 차고 매서웠던 그곳에서 젊은 혈기로 학교를 세워 특수교육 요람으로 성장시켰습니다. 덕분에 올곧은 교육자의 길이 어떤 것인지를 깨달을 수 있었습니다. 진심으로 감사드립니다. 그리고 잊지 않겠습니다. 영원한 평안을 누리십시오.

답글 1

감동입니다. 철이 없어서 그때는 몰랐던 소중한 추억들을 이렇게 섬세하게 짚어주셔서 감사드려요. 이런 발견들이 지금부터의 삶을 어찌 살아야 하는지 교훈을 줍니다. 어제 지난 시간을 추억하고 많은 것을 배우는 참 좋은 시간이었습니다.

답글 2

이렇게 글을 올려주시다니, 이 선생님은 역시 큰 어른이십니다. 임 교장님 마지막 가시는 길에 드리고 싶은 글을 쓰다가 중지하고 있었습니다. 임 교장님을 어찌 기려야 할지 제 능력이 닿지 않았는데, 이제 마음이 좀 풀리는 듯합니다. 오래오래 우리 곁에 계셔서 언제든 뵐 수 있을 것처럼 미루다, 잘해드리지도 못하고, 그리도 원하시던 우리 모임을 추진하지 못했습니다. 영정사진을 뵈오니 표정이 편해 보이지 않아서 더 마음 아팠습니다.

답글 3

임 교장님을 보내드리는 한 선생님의 슬픔이야 어느 누가 더할 수 있겠는지요? 교장이기보다 큰 오라버니처럼 아버지처럼 혈육의 정을 나누며 수십 년을 지내왔기에 그 슬픔의 깊이를 헤아리기 어렵습니다. 한 선생님 같은 큰 나무를 심어 놨기에 그분은 마음 편안하게 하늘나라로 가셨으리라 믿습니다. 교장으로 또 학교법인의 이사장님으로 잘 받들었고 지성으로 섬기셨습니다.

교육자로서 참된 스승님과의 인연이 각별했기에 우리들의 이야기는 끝이 없었고, 저리도록 아픈 영원한 이별을 숭고하게 받아들여야만 했다.

잃은 줄 알았던 인연

　여름방학 중이었다. 교무실에서 전화벨이 울리고 당직 교사의 전화 받는 소리가 들렸다. 학기 중처럼 시끌벅적하지 않아서인가. 교장실과 교무실이 이렇게까지 방음이 안 되나 싶었다. 나를 찾는 전화였다. 수화기를 들고 통성명을 하니, 수화기 너머에서 물었다.

　"혹시 00학교에 있던 한정애 선생님 맞습니까?"

　"네. 한정애입니다."

　"나, 신00요."

　순간 머릿속이 멍해지는 느낌이었다. 돌아가셨다는 분의 목소리! 틀림없는 그의 목소리였다. 하늘에서 내려온 소리인가?

　"아, 그, 그런데, 교장 선생님 어떻게 된 거예요?"

　사람을 좀 찾을 일이 있어 '특수학교 요람'을 뒤적이다 우리 학교 교직원 명단에 내 이름이 있어 설마 설마 하며 전화를 해 보았다는 것이다. 어떻게 이 학교에 있게 되었느냐 물었다. 내가 되레 묻고 싶었다. 어떻게 된 일인지. 나는 도대체 꿈인지 생시인지 몹시 궁금해 마음이 달았고, 지난날들이 주마등처럼 흘렀다.

 전에 근무했던 학교의 초창기 무렵에 교육청 장학사님으로 만났던 분이었다. 학교에 장학지도를 오고, 업무 처리 차 몇 번 만난 적이 있었다. 그 당시 시험을 거쳐 사립학교 교사를 공립학교로 특별채용 할 때가 있었다. 이에 지원해 보려고 장학사님께 문의를 하니, 친절한 안내와 함께 덕담까지 해 주셨다. 진로에 대한 확신이 없어 불안하던 차에 큰 힘이 되었다. 현직 교장 선생님께 추천서를 부탁드리니 같이 더 일해보자고 붙잡으신다. 내 가정 사정도 고려해 볼 일이었지만 개교부터 이 학교에 쏟은 열정과 애착 때문인지, 이 학교를 떠난다는 생각만 해도 가슴이 먹먹해졌다. 새 교사를 짓고 마무리 청소하며 학교 미래를 그렸던 일, 교직원들이 십시일반 경비를 걷어 산 통학버스를 첫 운행하던 때의 감격, 학생 모집 겸 상담하러 다니던 보람과 애환 등 한발 한발 학교의 완성도를 높여 나갔던 일들이 스쳐 지나갔다. 이 학교를 떠나서는 못 살 것 같았다. 결국 떠나지 못했다. 이리저리 심한 갈등을 겪었지만, 내 안에 이 학교가 차지하고 있는 마음의 크기를 잴 수 있었다.

 그러나 이 일이 있은 얼마 후 법인이 바뀌고, 개교 이래 계속해 오던 부장을 내려놓고 학급 담임에만 전념하게 되었다. 그때가 원숙한 중견 교사로서 온 열정을 오로지 교육에만 쏟을 수 있었던, 내 교직

생활의 황금기가 되었다. 담임으로서 보는 아이들은 더없이 예쁘고 매력적으로 다가왔다. 조금씩 자라는 아이들에게서 받는 보람이 힘든 나의 마음을 치유하고 있었다. 담임이 아니면 느끼기 어려운 사제 간의 정을 일깨워준 알토란같은 시기였다. 그러는 중에도 나의 출생 지역까지 언급되는 말들에 헛헛한 웃음을 지으며 "내 학교를 만들 거라"고 실없는 농담을 던지곤 했다. 뜬구름 잡듯 가당치 않은 일이기에 오히려 가볍게 던진 말이었다. 속담에 '말이 씨가 된다'는 말이 있다. 정말 그 말이 씨가 되었을까. 여기 학교로 옮겨와 학교법인 운영에 참여하며 교장으로 근무하는 중이었다.

뜻밖의 장학사님 전화를 받고 정신이 혼미해질 정도였으나, 마음을 가다듬고 다시 연락드려 만났다. 안부와 궁금한 지난 이야기들이 오가면서 차마 꺼내기 힘든 질문을 조심스럽게 내놓았다.

"그런데 돌아가셨다는 소문을 들었습니다만…."

당신도 그 말을 들으셨다며 아마 사모님이 돌아가신 게 와전된 것 같다고 하셨다. 상처를 하신 것에 대해 위로부터 드려야 했지만, 내가 괜히 마음고생을 했구나 하는 허망한 생각이 앞섰다. 그러나 지금 내 앞에 앉은 사람이 유령이 아니라니 얼마나 놀랍고 감격스러운 일인가.

사마천의 사기 중에, 선비는 자신을 알아주는 사람에게 목숨도 바친다는 이야기가 있다. 선비의 정신까지는 아닐지언정 나를 인정해

주고 신뢰해 주셨던 분을, 초등학교 교장으로 전근 가셨다는 소식을 끝으로, 잊고 있다가 사망 소식을 들었을 때 안타깝기 그지없었다. 그것이 15여 년 전 일이다. 그렇게 잃었다고 생각했던 인연이 다시 이어지니 새로운 인연을 만난 것이나 다름없었다. 사람의 인연은 돌고 돌아 어떻게 다시 이어질지 알 수 없는 일이다. 이것이 바로 오묘한 세상 이치인 것 같다. 오랫동안 기억해 주고 찾아주는 이가 있다는 것은 무엇과도 바꿀 수 없는 행복한 일이다.

무엇을 남길 것인가

남해안 남파랑 길 위의 신발

　이름만 들어도 낭만으로 다가와 걷고 싶었던 남해안 남파랑길. 2022년 5월, 4박 5일의 일정으로 그 길을 걷기로 했다. 2년 전 남아메리카 여행에서 만난 최 선생님의 권유로 참가했는데 걷기를 좋아하기도 하지만, 앞으로 산티아고 순례길을 가기 위한 체력 단련이기도 했다. 삼천포터미널에서 가이드와 일행들을 만났다. 5개 테마로 나누어진 길 중 한려길 39코스~45코스를 택했다. 해안 경관이 아름다운 길을 하루 20km 내외로 걸을 예정이었다. 우선 오랜만에 만난 최 선생님 내외와 회포를 풀었다. 남미 여행에서 만났던 인정 많고 따뜻한 모습은 여전했다. 가져온 기정떡은 장시간 오느라 지친 심신을 녹여주었다. 갈 길은 멀지만 미지의 남파랑길에 대한 기대감은 파랗게 부푼 풍선 같았다.

　첫날은 오후만 걸었다. 둘째 닐, 온종일 걷고 저녁 휴식 시간이다.

일행들의 자기 소개하는 시간. 먼저 가이드 인사다.

"이 순례단 가이드 당당입니다."

'아, 그게 닉네임이었구나.' 신청서를 보낼 때, '당당' 앞으로 보내라고 되어 있었다. 나는 이것을 오타라고 단정 짓고 '담당자'라고 써서 발송했다. 이런 중요한 서류에 오타라니 신뢰마저 떨어졌었다. 그런데 닉네임이란다. 청소년을 주 대상으로 운영하는 단체이니 청소년의 입장에서 '당당하라'는 메시지를 주기 위한 것 같다. 나는 이 닉네임이라는 것도 낯설다. 닉네임을 지으라고 하면 난감하다. 작명 센스가 없는지 떠오르는 것도 없어 고민이 된다. 닉네임 사용도 익숙하지 않다. 이것이 세대 차이일까. 일행 10명은 10대에서 60대까지. 각 세대의 대표라도 되는 듯 연령층이 다양하다. 그중에 내가 60대 중반을 넘어서 나이가 가장 많다. 이젠 뭐 좀 해 보려면 나이가 제일 많아서, 나이에 대한 중압감이 생긴다. 그럼에도 '최소한 나이 때문이'라는 합리화는 하지 말자. 젊은이에게 그냥 어른으로서 힘이 될 일은 없는지에 대한 눈치만 살피자.' 하며 나를 응원하고 다독이며 능청스럽게 참여한다.

셋째 날, 남파랑길이라고 쓰인 이정표를 따라 걷는다. 이정표가 다양하지만 빨간색 리본이 제일 멋져 보였다. 핸드폰으로 길 찾기를 하며 걸었다. 저 멀리 선두에서 자신 있게 힘찬 모습으로 걷는 영주님이 멋지다. 나는 무언가를 말없이 자신 있게 헤쳐 가는 사람의 매력에 잘 빠진다. 마을 길, 산길, 해안길, 비탈진 언덕길 등을 타고 굽이

굽이 넘나들며 나타나는 다채로운 풍경들은 저마다의 아름다움을 지녔다. 어느 길이든 단순하고 쉬우면 재미없다. 가파른 오르막길을 갈 때 젊은이들을 따라가지 못해 앞서 보냈는데 고맙게도 최 선생님이 나의 보폭에 맞춰 같이 걸어주었다. 점점 숨이 가빠지고 다리가 무거워졌다. 앵강만 휴게소에 모두 모여 시원한 맥주 한 캔을 마시고 새롭게 정신 무장하여 다시 걸었다. 슬슬 배도 고프고 쉬고 싶어질 무렵, 호구산 마을이 나타났다. 마을 골목 어귀를 막 돌아설 때였다.

"자장면 시키신 분~"

"여기요~"

어느 광고에서처럼 외치니 자동으로 나온 대답이었다. 설마 자장면이? 그런데 큰 정자나무 밑에 당당님이 서 있었다. 나무 아래 평상에 신문지를 깔고 그 위에 자장면, 짬뽕, 탕수육들이 놓여 있었다. 와우! 걷다 지쳤을 때 만난 자장면이라니, 센스가 압도적인 감동을 주었다. 정자나무 아래 '마을 쉼터'라는 푯말은 마치 우리를 위해 마련해 놓은 것 같았다.

점심 식사 후 걷는 내내 발바닥이 아파왔다. 43코스 선구마을에서 휴식을 가졌다. 오늘은 이 마을에서 취침이란다. 짐을 펜션에 놓고 어딘가를 더 다녀온다고 한다. 발을 보니 왼쪽 발의 둘째 발가락 밑에 물집이 생겼다. 무리하게 걷다가 이동에 차질이 생기면 오히려 민폐가 될 것 같아 혼자 남아 쉬기로 했다. 해변 마을을 느긋하게 한 바퀴 돌았다. 백련초와 담쟁이가 어우러져 돌담을 감싸듯 덮고 있었다.

어느 담은 진주목걸이로 치장했다. 진주목걸이는 다육이로 집에서만 기르는 줄 알았는데 야생이라니 새로운 사실을 알았다. 아마 남해의 기온이 따뜻해서 가능한 것인가 보다. 가을이 되면 진주목걸이의 노란 꽃으로 덮인 담이 더 멋질 것 같다. 길바닥에 개가 배를 깔고 엎드려 쭉 뻗은 앞다리에 얼굴을 얹은 채 나를 보고도 심드렁하다. 해변 '카페 라운지'에서 커피 한 잔과 아이스크림을 시켰다. 걷기를 멈추고 바다 일몰과 함께 호젓한 시간을 가지니 남실대는 바다가 더 평화롭게 느껴졌다.

넷째 날, 서상 편의점에서 간단하게 아침 식사를 했다. 싱그러운 아침, 창으로 비친 탁 트인 바다가 마음까지 넓어지게 한다. 출발 준비를 하며 신발 끈을 다시 매고 있는데, 당당님이 신발을 보자고 한다. 이런, 좀 쑥스럽다. 깨끗하지도 않고 냄새도 날 것이다. 내키지 않는 마음으로 신발을 벗어보니 세상에나, 운동화 바닥이 닳아서 거의 구멍이 날 정도다. 그래서 발에 물집이 생기고 아팠던 모양이다. 먼 길을 걸을 때는 신발이 중요하단다. 당당님이 여기에서 신발을 사러 가기 어려우니, 자신의 신발 깔창을 잘라 내 신발에 맞춰주겠다고 한다. 마음은 감사하나 본인은 어찌할 건가. 내가 아프고 말지…. 폐가 될 것 같아 거절했다. 준비물 주의 사항의 '신발은 익숙한 것을 신으라'는 말에 충실히 따른다는 것이 도가 지나쳤다. 신발이 이 정도가 되도록 모르고 신다니. 에휴, 민망하다. 당당님이 자신의 깔창을 깔라고 적극 권한다. 어쩌면 내가 잘 걷는 것이 돕는 것일 수도 있다는 생각이 들었다. 자신 신발 깔창을 잘라 내 신발에 끼워 주었다.

154

눈 찔끔 감고 받아 신었다. 발이 아늑하고 날아갈 것 같았다. 발의 감각이 그리 편할 수가 없다. 자신의 어려움을 뒤로하고 신발까지 내어주는 배려와 책임감에 감동했다. 부끄러웠지만 신발 덕분에 나머지 일정을 순조롭게 마쳤다. 이 일을 겪은 후부터 걸을 일이 있을 때마다, 이 깔창을 예비로 가지고 다녔다. 나 같은 사람이 또 없으리란 법 없지 않은가. 훈훈했던 배려를 생각하며, 이제는 내가 대신하려 한다. 당당님은 오늘도 보무당당, 아름다운 산하를 누비고 있을 것이다.

스페인에서 살아남기

　이제는 좀 잠잠해지는가 했더니 요즘 다시 코로나19 환자가 급증하고 있다 한다. 코로나19 이야기만 나오면 예상치 못한 고생을 했던 스페인에서의 체류가 떠오른다.

　2022년 7월, 14박 15일 일정으로 스페인 산티아고 순례길을 걸었다. 일행은 여행자 9명과 인솔자 1명, 모두 10명이었다. 레온에서 산티아고 드 콤파스텔라(대성당)까지 300km를 걷는 코스다. 스페인 입국 때 코로나19 백신접종 3차까지 한 증명서를 제출했다. 스페인에서는 마스크 착용이나 격리 등의 제재가 없었다. 우리가 알아서 조심할 일이었다. 우여곡절 끝에 순례를 마치고 귀국을 위해 마드리드 공항에 도착했다. 출국 수속을 하는데, 코로나19 검사 음성자만 항공기 탑승을 할 수 있다고 한다.

　우리는 입국하여 인천공항에서 검사받는 것으로 알았다. 출국수속

할 정도의 여유만 갖고 공항에 도착한 터라 시간이 촉박했다. 부랴부랴 공항 내 검사하는 곳을 찾아갔다. 검사 결과를 메일과 핸드폰 번호로 보냈다는데 아하, 메일 비밀번호 오류라고 뜬다. 오랫동안 쓰지 않아 비번이 아리송한 것이다. 겨우 맞추어 봤으나 휴면상태다. 평소처럼 차근차근히 하면 될 일을 마음이 조급하니 보이는 게 없다. 당황한 마음은 생각을 마비시켰다. 탑승 시간은 임박하고 모두들 본인 앞가림하느라 바쁜데, 내 것 찾아 달라고 하기도 민망하다. 핸드폰을 계속 뒤지다, 어떤 경로로 찾은 것인지는 모르겠으나 검사 결과를 찾았다. positive(양성)였다. 뜻밖에 나를 포함한 60대 여성 네 명이 모두 양성이었다. 걷는 동안 계속 같이 움직이며 숙식을 했던 사람들이었다. 코로나19 증세를 나타내는 사람은 없는데 착오가 아닌가 싶었다. 아마도 바람이었을 것이지만.

그렇게 느닷없이 마드리드 공항에 네 명이 남겨졌다. 이게 '국제미아'라는 건가. 인솔자는 정상적으로 탑승하여 가고, 어떻게 할 대책도 없었다. 한동안 모두 얼이 나간 듯 말이 없었다. 일단 공항 한적한 곳으로 가서 앉았다. 한국대사관에 연락을 했다. 전화를 받은 한국인 대사관 직원도 별 대책이 없었다. 얼마 후에 떠났던 인솔자에게서 문자가 왔다. 점심식사를 했던 한국식당에 연락을 해서 도움을 요청하란다. 한국식당 주인의 도움으로 숙소를 찾고 택시로 이동하게 되었다. 공항 출발 전, 약국에서 코로나19 자가진단키트와 타이레놀을 샀다. 택시 타는 곳을 찾는 것도 헤맸다. 택시 기사와 짧은 영어, 스페인어 번역기로 소통하며 마드리드 로사스에 있는 교포 집에 도착했다. 집 앞에 우리와 똑같이 생긴 사람이 기다리고 있다는 것이 그리 반가울 수가 없었다. 반지하 1층을 쓰라 했다. 사무실로도 쓰던 곳이라는데, 창고 같았지만 다른 선택의 여지가 없었다. 있는 짐들을 정리해서 방 2개를 마련했으나 더위가 문제였다. 숙박료는 1일 100유로. 교포 집이어서 말이 통하니 일단 마음이 놓였다. 주방은 같이 쓰되 주인과 겹치지 않는 시간에 쓰기로 했다.

우리는 당장 먹을 게 없어 마트에 같이 가달라고 했다. 이럴수록 건강은 더 챙겨야 하니까. 주변 마트 중 가장 크다는 Dia 마트에서 급한 식료품을 샀다. 불안감이 다소 사그라드니 피로감이 엄습해 왔다. 간단한 저녁 식사를 하고 정신을 차리고 보니 어이가 없다. 단체로 움직이면서 코로나19 대처에 그리 무심하다니, 누구를 탓할 일도 아니었다. 현재 상태에서 어떻게 해야 할지 지인들, 자식들을 통해 얻은 정보를 총망라해 살아갈 궁리를 해야 했다. 우리끼리 '스페인에서 살아남기'라는 거대한 제목을 붙였다. 무엇보다 심신의 안정이 우선이었다. 인솔자가 준 된장차 한 봉지를 타서 넷이 한 모금씩 마셨다. 짠맛은 없고 개운하고 구수한 된장 향이 났다. 이국에서 마시는 된장차에 집 생각이 더욱 간절해졌다.

예상치 못한 체류로 생활비가 문제였다. 카드로 현금 인출을 하기 위해 인터넷 정보를 찾았다. 어느 여행자 블로그에 스페인에서 수수료가 싸다는 iberCaja 현금인출 정보가 올려져 있었다. 구글 맵으로 그 ATM기를 찾아보니 그리 멀지 않은 곳에 있었다. 인터넷 정보 순서대로 인출과정을 사진 찍어가며 진행했다. 행여 잘못될까 봐 가슴이 두방망이질을 해댔다. 와우, 현금인출 성공!!! 세상 신기하고 뿌듯했다. 수수료도 한국에서 인출하는 것과 큰 차이가 없었다. 이런 유용한 정보를 올려준 사람이 있다니, 꼭 나를 위한 포스팅 같아 옆에 있다면 절이라도 하고 싶었다.

먹거리를 사러 다시 마트에 갔다. 가게의 과일들이 강렬하게 유혹한다. 수박이 kg당 0.79유로, 우리의 절반 가격이다. 산티아고 순례 때, 그늘 없는 땡볕의 황톳길을 걷다가 도네이션(제공되는 것을 취하고 기부하는 곳)을 만났을 때의 그 반가움은 이루 말할 수가 없었다. 그늘막에 앉아 세모로 잘라놓은 수박 한 조각을 베어 물던 맛을 잊을 수가 없다. 차마 접시를 다 비우지 못하고 한 조각 남긴 채, 다른 과일을 먹고 있으니 주인이 수박을 다시 채워 놓았다. 또 몇 조각을 먹었다. 만족할 만큼 먹은 것은 아니었지만 참고 오렌지를 직접 짜서 마셨다. 아무리 기부금을 낸다지만, 이 사막 같은 곳에 수박이 한없이 있는 것은 아닐 테고, 다음 사람 것을 남겨야 할 것 같았다. 그렇게 양껏 먹지 못한 수박이 저렴한 가격으로 눈앞에 있으니 참 속절없이 행복하다. 식료품과 생활용품들을 넣은 봉지를 들고 집을 향해 걸었다. 한적한 거리의 먼 끝에 묽은 안개가 퍼지듯 부옇게 땅거미가 내려앉았다.

로사스 교포 집에서 마음을 안정시키기 좋았으나, 지내기가 불편하여 마드리드에 있는 아파트로 옮겼다. 1층이기는 하나 층고를 높여 아래층은 화장실과 주방, 거실이 있고 위층은 침실 두 개가 있었다. 위층은 난간도 없는 1인 통행용 빨간 철계단으로 올라가야 했다. 천정이 낮아 키 큰 사람은 허리도 제대로 못 폈다. 더운 날씨에 침대는 좁고, 열을 식힐 수 있는 것은 작은 선풍기 하나였다. 숙소 가까이에 있는 알무데나 대성당과 마드리드 왕궁을 돌아보고, 기온이 좀 내려간 저녁 무렵이면 사바티니 공원에 나가 바람으로 열을 식히곤 했다.

'넘어진 김에 쉬어간다' 는 속담이 있다. 이왕 이렇게 됐으니, 주변을 더 여행하고 즐기면 좋으련만, 피곤해지면 행여 코로나19 증세가 더 오래갈까 봐 쉼에 치중했다. '삼시세끼' 예능프로그램처럼 세끼 밥만 해 먹어도 시간이 빨리 갔다. 한식 식자재가 없으니 자연스레 흰쌀죽과 바게트, 요거트, 과일, 야채샐러드, 소고기 등이 주식이 되었다. 이곳의 과일들은 싱싱하고 가격도 저렴하고 맛있었다. 특히 천도복숭아와 납작 복숭아는 천상의 맛이었다. 납작하게 생긴 복숭아는 생긴 모양대로 우리가 '납작 복숭아' 라고 이름 붙였는데, 인터넷에 보니 같은 이름으로 불리고 있었다.

Alcampo 마트에서 계산하려고 줄을 섰는데 계산 요원이 자꾸 밀어내는 시늉을 했다. 알고 보니, 계산대마다 각각 줄을 서는 것이 아니고, 한 줄로 서 있다가 차례가 되면 빈 계산대로 가는 방식이었다. 줄이 길어, 계산하려는 줄인지 상품을 고르는 중인지 구별이 안 되었다. 졸지에 매너 없는 사람들이 되었다. 약품을 사기 위해 구글 맵으로 약국을 찾아 갔지만 문을 닫았다. 다른 약국을 찾기 위해 지나는 사람에게 물었으나 소통불가다. 어느 중년 남자에게 물으니, '팔로우 미' 한다. 귀가 번쩍했다. 약국까지 안내해 주고 가는 그에게 다 같이 땡큐, 땡큐!

자가진단키트로 검사를 해 보았다. 나는 음성, 셋은 양성이 나왔다. 키트에 나타난 빨간 두 줄이 원망스러웠다. 그래도 모두들 코로나 증세가 없을 정도로 건강 상태가 양호하여 다행이었다. 식염수를 코로 들이켜 입으로 토해내는 코 씻어내기를 했다. 처음 해 보는 코 세척이 여간 고역이 아니다. 코가 찡하고, 눈물 나고 머리마저 띵하다. 어떻게든 빨리 코로나19 음성 확인을 받고자 하는 생존 몸부림이었다. 정식으로 코로나 검사를 받으러 안티젠 한국 승인 검사소라는 macrogen clinical center로 택시를 타고 갔다. 교포가 알아봐 준 곳으로 한국인들이 많이 가는 곳이라고 한다. 검사소에 들어가기 전에 알콜로 콧속을 깊숙이 닦아 소독을 했다. 한국인이라 했더니, 한국인 직원을 불러주어 원활하게 진행됐다. PCR 검사 비용은 20유로, 한화 약 2만 5천 원이다. 바로 검사 결과가 나왔다. 이 검사도 나는 음성 셋은 양성이다. 검사소 옆 건물에 'kimchi' 라는 카페가 있었다.

체류 8일째 되는 날, 다시 PCR 검사를 받은 결과, 이번에는 네 명 모두 음성이었다. 감격이었다. 코로나 검사의 유효기간은 출발일 기준 24시간 이내다. 어렵게 음성판정은 받았으나, 24시간 이내에 출국하는 항공권을 구하지 못해, 다음 날 다시 검사를 받아야 했다. macrogen에서 PCR 검사를 무려 네 번을 받은 끝에 음성 결과와 항공권 구매까지 마칠 수 있었다. 우리는 설레는 마음으로 마드리드 하늘에 환호성을 날렸다.

5박 6일 머물렀던 아파트를 떠나 마드리드 공항과 조금 더 가까운 곳으로 숙소를 옮겼다. 교포가 마사지 숍과 함께 운영하는 게스트하우스다. 다음날, 마드리드 공항까지 승합차로 데려다주었다. 공항에서 우리가 받아야 할 체크인 카운터가 어디인지 알 수가 없었다. 마침 지나가던 한국인 청년에게 물어 긴 줄의 꼬리에 이어 섰다. 한국인 청년이 우리를 한 번 더 돌아보고 갔다. 아마 우리가 잘하고 있는지 염려가 됐던 모양이다. 남의 일을 걱정해 주는 한국인의 진한 동족애였다.

시간이 지나도 줄은 좀체 줄어들지 않았다. 줄을 맞게 서 있는 것인지, 이 속도로 수속하여 제시간에 탑승할 수 있을지 불안해지기 시작했다. 뒷사람에게 티켓을 보여주니 맞다는 듯 고개를 끄덕인다. 알고 답하는 것인지, 답답함만 더했다. 분주한 체크인 카운터 옆의 카운터에 사람이 비었다. 무조건 가서 티켓을 들이밀어 봤다. 손을 자기 앞쪽으로 까딱거리며 오라는 손짓을 한다. 여권과 PCR 검사 확인서를 주니 수화물을 받고, 항공권 2장을 주었다. 뮌헨을 경유하여 인천으로 가는 독일 루프트한자 항공편이었다. 검색대를 통과하여 출국장 탑승구로 왔다. 사람들이 서 있는 줄 중에서 가장 짧은 줄에 섰다. 그런데, 뭔가 느낌이 이상하다. 이 줄만 이렇게 짧을 리가… 항공권을 다시 살피니 그룹 3이라고 쓰여 있다. 아뿔싸! 가장 길었던 그룹3 줄은 그사이 더 길어져 있었다.

뮌헨공항에 왔다. 인천행 환승까지 시간이 많이 남았다. 공항 내를 돌며 이것저것 구경하는데 '뮌헨' 이라고 씌어 있는 귀여운 아기 반팔 티가 눈에 쏙 들어왔다. 손녀 선물로 분홍색을 샀다. 레스토랑 겸 바인 'Selmans' 에 자리를 잡았다. 오렌지 주스와 간단한 스낵류를 주문했다. 즉석에서 짜주는 오렌지 주스는 그새 우리의 필수 음료가 되어 있었다. 탑승 시간을 기다리며 오래 자리 잡고 있으려니 매장에 미안한 생각이 들었다. 각자 가지고 있는 유로 동전을 털어 한 번 더 간식을 샀다. 귀국이 현실화되니 자연스레 웃음이 나오고 유쾌해졌다. 드디어 루프트한자 비행기 트랩을 오르는데 가슴이 벅차올랐다. 마드리드의 어려운 상황에서 도움을 준 교포분들이 떠올라 감사의 마음을 새겼다. 기내 창 아래로 푸른 하늘이 펼쳐지고 흰 구름이 뭉게뭉게 솜사탕처럼 피어났다. 뭉게구름 위를 나는 비행기의 날렵한 날개 끝에 루프트한자 항공의 로고, 학이 우리와 같이 날아가고 있었다.

세상에 이보다 더 힘든 한국 입국은 앞으로 영원히 없을 것 같았다. 남편에게 인천공항에 도착했음을 알렸다. 반갑게 받아주는 남편의 목소리에 누군가 한 말이 실감 났다. '여행은 돌아갈 곳이 있어 즐겁다' 는 그 말. 통화가 끝나자마자 징~ 문자가 들어온다. 내 거주지역의 보건소에서 코로나 PCR 검사를 받으라는 내용이다. 그나마 내가 온 것을 어찌 이리도 빨리 알고... 우리나라가 놀랍다. 자가 격리는 없으니 감사했다. 코로나 비상시국에 감내해야 할 일이었다. 보건소 검사 결과 음성이어서 다행이었다. 사실, 마드리드 공항에서 첫 입국하려 할 때만 양성이었고, 이후 계속 음성이어서 한편으론 의아하기도 했다. 네 명이 끝까지 뭉쳐 있으라고, 처음 한 번 오진을 내준 걸까, 아님 이미 오래전 앓고 치료된 마지막 후유증이었을까?

일행 중 어느 집 딸의 조언이었다. '확진 8일 이후면 음성 확인서 없이 입국할 수 있다. 어차피 그만큼의 시일은 걸릴 것이니 음성 확인받는 것에 연연하지 말고, 여행을 더 하시라'고 했다. 일리 있는 말이라 하면서도 끝까지 발버둥을 치다 결국 체류 10일을 채우고 입국하게 되었다. 놓을 것은 얼른 놓으며 여유를 갖는 지혜가 필요했다. 젊은이의 상황판단에 대한 현명함과 슬기가 두고 온 산티아고 밤 하늘의 별처럼 빛났다.

납작 복숭아가 생각나서, *팡에서 주문했다. 그러나 스페인의 그 맛이 아니었다. 우리나라에서 생산한다지만 기후 풍토가 다르니 같은 맛을 내기 어려우리라. 품종 개량의 발전으로 머잖아 맛있는 국산 납작 복숭아가 나오길 바래본다.

산티아고 이후 메일이 휴면이 되지 않도록 관리한다. 오가는 메일이 없을 때는 스팸메일이라도 정리한다. 어떤 매체든 관리하고 유용하게 쓸 줄 알아야 나의 세상이 넓어짐을 체득했다. 산티아고의 아름다운 풍경과 잊지 못할 이 이야기들을 남기고 싶었다. 사진과 글을 편집하여 포토북을 만들었다. 가끔 추억창고가 된 포토북을 보며, 특별했던 경험과 추억에 잠겨 미소를 짓는다.

포토북 에필로그에 이렇게 쓰여 있다.

낯선 곳에 아름다운 길이 있다하여 낯선 사람들과 길을 걸으며 새로운 세상을 읽는 행복을 누려보려고 떠났다. 그러나 그것은 절반의 성공이었다. 산티아고 길은 누구나 길동무가 되고 친구가 된다지만 의사소통이 제대로 안 이루어지니 멋진 기회를 제대로 살리지 못해 아쉬웠다. 다음 여행은 외국어 공부를 더 해서 떠나보자.

따듯했던 운동화

　스페인 산티아고 순례 후 코로나19 감염으로 마드리드에 10일을 체류하는 동안 큰 형부께서 운명하셨다는 연락을 받았다. 한국에서 떠나올 때부터 투병 중이시던 큰 형부가 마음 한편에 걱정이 되었었다. 코로나로 체류하지 않았다면 생전에 뵐 수 있었을 텐데, 가시는 길도 지켜드릴 수 있었을 텐데, 지울 수 없는 회한으로 남았다. 큰 형부의 소식을 듣고, 여행 동료들이 같이 기도해 주고 위로해 주었다. 큰 형부가 내게 어떤 존재인지 동료들에게 이야기하며 슬픔을 꾹꾹 누르고 견뎌냈다.

　중학교 때 큰언니 집에서 통학을 했다. 학교가 집에서보다 가깝지만 그래도 5리 길은 걸어야 했다. 어느 추운 겨울날 등교하려고 방문을 나오니 못 보던 운동화가 마루에 놓여 있었다. 언니가 추우니 신고 가라고 했다. 웬, 새 신발. 좋아라 신으니 따뜻하기까지 하다. 신발이 요술이라도 부린 것 같았다.

신발이 낡으니 큰 형부가 헌 신발 크기를 손 뼘으로 재어 신발을 사 오신 것이었다. 지금까지 신었던 딱딱한 신발이 아니고 스펀지 같은 것이 대어진 푹신한 신발이었다. 난생처음 보는 신발이었다. 아, 세상에 이런 신발도 있구나. 그것은 나만의 신세계였다. 그 신발을 아궁이 앞에 놓아 따뜻하게 덥혀 주신 것이다. 신발의 따스함이 가슴을 녹였다. 몇 날을 그리 신었다. 어느 날 아침 부엌에서 "아~" 하는 언니의 깊은 탄식이 들렸다. 아궁이의 뜨거운 재를 덜 밀어 넣었는지 신발 앞부리가 녹아 버렸다. 모두 속상했지만 나는 큰 형부의 사랑과 정성이 듬뿍 담긴 따뜻한 추억 하나가 생겼다. 그런 일이 없었다면 오랫동안 기억에 남지 않았을 것이다.

큰 형부가 우리 집에 장가 올 때, 어떤 마음이었을까? 위로 처남 하나, 아래로 동생들이 넷. 철부지 막내는 첫날밤을 누나랑 같이 자겠다고 떼를 썼다는데, 올망졸망 얼마나 심란하셨을까 싶다. 처가의 어린 동생들이 커가는 모습을 다 지켜보시고 부모님처럼 돌보아주셨다. 연세가 팔십이 넘으시니 편안하게 여생을 보내시길 바랐는데 마음뿐, 좀 더 잘해드리지 못하고 가시는 길마저 못 뵙고 나니 다 부질없다는 생각이 든다. 큰언니 집 언덕에 서면 산소가 멀리 바라보인다. 자식들이, 형제들이 오가는 것을 보실까, 이렇게 그립고 아픈 마음도 아실까.

큰 형부가 돌아가신 이야기를 쓰고 싶지 않았다. 그러면, 정말 돌아가셨다는 사실이 기정사실화 되고 마음에서도 보내드리게 되는 것 같아 회피하고 싶었다. 산티아고 글을 쓰다 보니 스페인에서 큰 형부의 소식을 받아들여야 했던 생각이 꼬리를 물어냈다. 그러나 엄동설한의 어느 날, 운동화에 발을 집어넣을 때의 따스함과 함께 밀려오던 행복감이 잊혀지지 않듯이 마음이 시려올 때 큰 형부의 사랑을 생각하며 오랫동안 기억할 것이다.

아름다운 배려

지인 자녀 결혼식에 가는 길이다. 1호선 서울행 지하철 문이 열리고 들어서자마자 자리에 앉아 있던 어떤 젊은이가 일어섰다.

"여기 앉으세요…."

나는 그 상황이 낯설고 당황스러웠다.

"괜찮습니다. 고맙습니다."

그리고 종아리에 힘을 팍 주고 허리, 어깨를 쫙 폈다. 차창에 비친 내 모양새가 어떤지 훑어보았다. 그래도 결혼식장에 간다고 머리 염색도 하고 젊게 입느라 애쓴 차림새다. 코로나19가 성행할 때라 마스크로 얼굴까지 가렸는데 자리를 양보받았다. 나는 아직 아니라고 부인하고 싶어도 묻어나는 할머니 모습을 어쩌지 못하나 보다. 쓸쓸하기도 했지만, 배려하는 아름다운 젊은이로 인해 기분 좋게 길을 갔다.

다시 집으로 돌아오는 길.

1호선 지하철에서 좌석을 잡아 앉았다. 어떤 젊은이가 내 좌석 맞은편 출입구의 안전대를 잡고 기대어 졸고 있었다. 곧 고꾸라져 쓰러질 듯하다 놀라 자세를 바로잡았다가 다시 쓰러질 듯하는 동작을 반복했다. 저러다 출입구에서 사고가 날 것만 같았다. 자리에서 일어서면 행여 누가 앉을까 봐 가방을 놓고 엉거주춤 일어서서 젊은이를 콕 찔러 내 좌석을 가리켰다.

"여기 앉아요."

젊은이는 순간의 망설임도 없이 좌석에 앉더니 바로 눈을 감았다. 그런 젊은이가 되레 고맙고 예뻤다. 행여 서 있는 날 보며 미안해 할까 봐 그 자리에서 멀리 떨어진 곳에 서서 왔다. 그러나 그럴 필요가 없었다. 그 젊은이는 주변을 의식할 수 없을 정도로 깊은 잠에 빠져 있었다. 오늘은 묘하게도 배려받고 배려하며 오가는 길이 되었다. 호의를 받아주는 것도 또 다른 배려인 것을 깨닫는 날이었다.

이 이야기를 동년배들 SNS에 올렸더니 이런 댓글이 올라왔다.

'빈 노인 좌석을 두고 일반석에 앉는 것은 젊은이에 대한 배려가 아닌 것 같아서 노인석에 앉는다. 그러다가 자신보다 힘들어 보이는 노인이 오면 양보해 주기도 한다.'

이에 대한 답글이 올라왔다.

'아, 노약자석에 앉는 것에 그런 깊은 뜻이… 그렇네요, 젊은이 좌석을 늘려주는 것. 한 수 배웠습니다. '

젊어 보이려 고집부리지 않고 노약자석에 앉는 것도 또 하나의 배려임을 깨닫는다.

　어릴 적 외할머니가 TV에 노인들이 나오면 보기 싫다며 채널을 돌리라고 하셨다. 왜 그런 말씀을 했는지 이제 이해할 것 같다. 지하철을 타서 되도록 노약자석 쪽에 안 가고 싶던 내 마음은, 나와 닮은 모습과 마주하고 싶지 않은 마음이었음을 이제야 알아차린다. 외할머니도 그러셨던 모양이다. 그 노인들 모습이 당신과 동일시되어 싫으셨던 것이다. 부정하고 싶지만, 어느덧 자리를 양보받는 나이가 되었음을 받아들이고 적응해야 하나 보다. 지하철을 타고 젊은이들 앞에 서서 자리 양보의 부담을 주게 될까 봐 조심스럽다. 일반석 앞에 설 때는 일부러 자리를 양보할 만한 여건이 아닌 사람 앞에 섰다가, 자연스럽게 자리가 나면 앉는다. 좌석에 앉고 싶으면 승차 때부터 노약자석으로 간다. 그것이 젊은이 자리를 늘려주는 것이라니, 한 수 배움을 실천하는 것이다.

어른들이 본 청춘 멜로 영화

2개월 주기로 만나는 모임이 있다. 며칠 전 여덟 명이 삼성역 부근에서 만나 점심식사를 하고, 코엑스에서 영화감상을 했다. 추운 날씨로 실내 활동을 선택해서 우리의 일정 시간에 맞게 상영하는 영화를 보기로 했다. 《 오늘 밤, 세계에서 이 사랑이 사라진다 해도 》라는 일본 영화였다. 일본 영화는 많이 접해보지 못해서 어떤 느낌일지 사뭇 궁금했다.

교통사고로 '선행성 기억상실증' 에 걸려, 자고 나면 기억을 잊어버리는 여고생 '마오리' 와 배려심이 많으나 심장병으로 갑자기 죽게 되는 남고생 '토루' 의 청춘 멜로 영화다. 마오리는 매일 그날의 일을 잊지 않기 위해 일기를 쓰고, 다음 날 아침, 전날 쓴 일기를 읽고 기억을 이어 가며 사랑의 감정을 쌓아 간다. 토루와 만날 때면, 그를 모델로 그림을 그린다. 그가 사망하고 그에 대한 기억은 사라진다. 마오리의 기억에 토루는 없으나 '절차적 기억'으로, 몸이 토루를 그리며 기억을 찾아간다는 10대들의 안타깝고 절절한 사랑 이야기다. 이 영화에 대한 사전 정보가 없었던 탓에, 영화 초반에 일진들이 등장하는 것을 보고 학교폭력이 주제인가 했는데, 기억 상실, 죽음으로 인한 이별, 기억 회생 등의 서사로 판타지 같은 로맨스다. 드라마나 영화에 자주 등장하는 소재로 좀 진부하긴 하다. 달콤한 대사들은 애달프고 배경 영상은 마음을 적셔줄 만큼 아름답다.

영화가 막바지로 가면서 관객들의 훌쩍이는 소리가 들렸다. 보이는 그대로 받아들이는 그들의 말랑말랑한 감성이 부럽다. 나는 마음에 갑옷이라도 두른 듯, 억지스러운 설정이라는 비평부터 앞세우며 그들의 감성에 같이 젖어 들기 어려움을 느낀다. 감성이 둔해지고 현실적인 잣대로 재며 메마르게 살아온 것인가. 감정이입이 안되어 지루함마저 든다. 음향조차 너무 커서 머리와 귀도 아프다. 영화가 끝나고, 얼른 일어나고 싶었으나 훌쩍이는 젊은이들의 감성에 방해가 될까 봐 조심스러웠다. 엔딩 크레디트가 다 올라갈 때까지 기다리다 일어섰다. 나도 영화를 재미있게 보고 나면 그 여운을 즐기고 싶어 엔딩 크레디트까지 감상한다.

영화가 끝나고, 카페에서 차담 시간을 가졌다. 오랜 세월 동안 같은 일을 하고 퇴임한 사람들의 모임이다 보니 공통된 화제들로 공감노가 높다. 그동안의 안부와 살아가는 이야기들이 주를 이루었다. 방금 전에 본 영화에 대한 감상평도 나왔다. 영화 줄거리에 동화되어 마음이 아렸다, 남은 시간에 대한 준비를 해야겠다, 현재에 감사하다는 등의 이야기였다. 듣다 보니 내가 영화에 집중을 못 한 것인지 줄거리에 빈 부분이 있는 듯, 내용이 잘 이어지지 않는 느낌도 들었다. 그때 누군가 말했다.

"치매 걸렸을 때, 영화처럼 '절차적 기억'이라는 것이 작동하여 사랑하는 사람을 기억할 수 있으면 좋겠어요."

영화를 보고 우리 나이의 당면 문제와 연결 지어 생각하게 되다니 이런 것이 서로 이야기를 나누는 힘이고 재미인가 보다. 회원들의 평균 나이가 60대 후반이니, 우리 자신이나 주변 사람의 치매 걱정도 할 터이다. 살아온 시간보다 남은 시간이 더 짧다는 현실에, 건강과 앞으로의 삶에 대한 관심이 많을 수밖에 없다. 치매로 인해 기억이 사라져 가도, 사랑하는 사람은 마음 어딘가에 새겨져 무의식이나 습관적으로 기억이 작동되어 떠올릴 거라고, 간절한 사랑이 그렇게 잊지 않게 만들 거라고, 기원하는 마음들이다. 기억이 사라진다고 하여 사랑하지 않는 건 아닐진대, 안타까운 일이 일어나지 않기를, 모두가 사는 동안 기억을 잃는 일이 없기를 바란다. 이런 대화를 나눌 수 있는 이 사람들의 기억도 잊지 않도록 더 깊이 사랑해야겠다.

청춘의 아름다운 사랑 영화를 보고 동요가 일지 않는 감성이나, 치매를 떠올리게 되는 현실이 좀 쓸쓸하기는 하다. 마음 어느 한편에 남아있을 영화 주인공의 나이로 돌아가 공감해 보는 여유가 있으면 좋겠다. 그만한 추억 하나쯤은 떠올릴 수 있는 건조하지 않은 삶이기를, 들고나는 감정들이 풍요로울 수 있기를 이 영화는 낮은 목소리로 속삭여 주었다.

안타까운 만남

암 병동 입원실이다. 유방암으로 항암치료가 끝나고 방사선 치료 차 5인실에 입원을 했다. 대각선 앞 침대의 환자에게 자꾸 눈길이 갔 다. 간병인의 말에 간간이 높은 음률로 단답형 대답을 하는 것이나 동작으로 보아 정상으로 보이지 않은 것이다. 그렇다고 치매인 것 같 지도 않은 것이 나의 직업적인 감각을 자극했다. '장애인인가?' 그 녀는 상체 부분이 세워진 침대에 기대고 앉아 고개를 숙인 채 머리를 계속 흔들어댔다.

"고개 들어."

"허리 펴."

간병인의 조금은 명령 같은 어투들이 마음에 와 꽂혔다. 나의 잦은 눈길이 느껴졌는지 간병인이 환자의 병세를 이야기했다. 척추를 바 르게 세우지 못하니 고개가 자꾸 숙어져 들게 한다고. 대장암 수술을 했지만, 다른 장기에도 다 퍼져서 항암을 하지 못하고 급한 곳만 수술한다고. 척추에 만져질 정도로 큰 종양이 있어서 다음 주 수요일에 수술한다고. 그 외에도 전신에 많이 퍼져 있다고도 했다. 이야기 중에 환자가 고개를 들었다. 내 쪽을 힐끔 바라보았다. 환자와 눈길이 마주친 순간 호흡이 멎는 듯했다. 어디서 본 얼굴? 아니, 재직했던 학교의 졸업생? 그리 모진 증상을 가진 환자가 제자라니 믿기지가 않았다. 나를 알겠냐고 물었다. 모른다고 고개를 젓더니 나중엔 춤추는 시늉을 하며 말했다.

"선샘!"

20여 년이 지났는데도 알아봐 주니 고마웠다. 간병인이 내게 이 제자의 부모가 없느냐고 물었다.

부모…

1986년도쯤이다. 학교에 출근하니 시끌시끌했다. 누군가 강보에 싸인 여자아이를 교문 앞에 두고 갔다는 것이다. 신상에 관한 정보를 아무것도 남기지 않았단다. 지적장애아를 학교와 같이 있는 장애인 사회복지시설 앞에 두고 간 것이었다. 그 아이 이름을 건강하고 예쁘게 자라라는 의미로 그 당시 가장 인기 있던 여자 탤런트 이름으로 지었다. 율동을 잘해서 행사 때는 독보적인 활약을 했다. 뭔가 마음에 안 드는 일이 있으면 소리 지르며 도망가서 달래느라 진땀이 나기도 했다. 나와 함께하는 동안 그의 부모가 연락해 온 일은 없었다. 나이를 꼽아보니 그녀는 겨우 사십, 한창일 나이에 그런 건강 상태가 되다니, 믿고 싶지 않았다.

수고하는 간병인과 제자에게 줄 생과일주스와 조각 케이크를 샀다. 오랜 병원 생활에 뭔가 새로운 것이 먹고 싶을 텐데, 누군가 챙겨주는 사람이 없을 터였다. 약소하지만 봉투도 함께 준비했다. 제자에게 필요한 것, 요구하는 것, 특히나 먹고 싶은 것을 사주시라는 부탁이었다. 그런데 내 마음 한구석에서 반란이 일어났다. `혈육도 아닌데, 제자에게 제대로 전해지겠느냐고. 허튼짓하지 말라`고. 오, 이런 마음에 부끄러움이 훅 일었다. 다행히 부끄러운 마음이 반란의 마음을 잠재웠다. 오히려, 사회복지시설 거주 장애인을 돌보아주는 간병인이 감사하다는 생각을 했다. 마음속 죄지은 미안함까지 담아 '제자의 간병을 맡아줘서 고맙다'는 인사를 건넸다. 그녀는 제자가 고집이 세어서 힘들다고 했다. 지적장애인이 상황에 대한 이해와 판단이 어렵고, 사고력이 부족하여 자기 생각대로 하려는 경향이 강하다 보니 힘든 점이 많을 터였다. 그래서 더욱 그 수고에 감사한 마음이었다.

자기 몸이 왜 아픈지도 모르고 투병하는 제자가 유년 시절부터 가족의 사랑 없이도 꿋꿋하게 잘 살아왔듯 이 아픔도 잘 이겨내기를 응원한다.

아파도 웃으니 좋다

유방암의 세 가지 타입 중 나는 허투 양성이다. 표적 치료제인 허
셉틴과 보조 치료제를 맞으러 3주 간격으로 병원 외래 진료를 받으
러 간다. 주사 전용실에서 허벅지에 좌우 교대로 18번을 맞는다. 이
번은 12번째로 오른쪽에 맞는 날이다. 보조 치료제는 간호사가, 허셉
틴 주사는 의사가 놓는다. 허셉틴 주사를 계속 전공의가 놓았는데 오
늘은 전공의가 없어서 주치의 선생님이 직접 진료실에서 주사한다고
한다. 주사를 맞을 때마다 긴장되는 기분은 어쩔 수가 없다.

"이 주사가 아픈 건 아시죠?"
"네. 하지만 안 아프게 놔주세요."
본래 아픈 주사를 안 아프게 놓아달라 말하고 보니, 왠지 쑥스럽
다. 사실은 주사액을 천천히 주입하면 덜 아프니 그리 해 달라는 뜻
인데 아시려나. 살이 많은 곳에 놓는 것이 좋다며 허벅지 안쪽에 놓

는다. 불안한 마음은 역시나다. 주삿바늘을 찌른 곳에서부터 배꼽 아래까지 순식간에 뻗쳐오는 날카로운 통증에 절로 흡! 소리와 함께 호흡이 멈춰졌다.

"아, 천~ "

하는데 다 됐다며 문지른다. 아, 문지름에 더 아프다. 전공의들도 놓는 이마다 통증의 정도가 다 다르다. 같은 허벅지라도 놓는 부위가 다르고, 대화를 유도하며 천천히 부드럽게 놓는 이가 있는가 하면 아픔 표현을 해도 무심한 듯 놓는 이도 있다. 그래도 이 정도로 아프지는 않았다. 허벅지 안쪽이 더 예민한 건지도 모르겠다. 주사 전용실로 내려왔다. 보조 치료로 혈관주사를 맞기 전에 알레르기 방지와 면역증진을 위한 주사 두 대를 배에 맞는다. 주사 준비를 하는 간호사에게 하소연하듯 일렀다. 주치의 선생님한테 허셉틴을 맞는데 너무 아파서 혼이 났다고.

"안 아프게 놔 달라고 하시지요."

주치의 선생님이 먼저, 이 주사가 아픈 거라고 하시더라 했더니 파안대소한다.

"밑밥 깔았네, 밑밥 깔았어."

웃겨 죽겠다는 듯이 계속 웃었다. 나도 같이 깔깔댔다. 주사를 놓아야 하는 간호사의 손이나, 주사를 받아들여야 하는 내 뱃살이 진동하여 잠시 쉬었다. 복부 주사가 끝나고 혈관주사 차례다. 실패다. 간호사가 노련해 보이지 않으니 아득하다. 또 몇 번을 찔러야 될까? 원래 약한 혈관이 잦은 주사에 숨은 것인지, 더 안 보여서 서로가 곤혹스럽다. 다행히 센스 있게 다른 간호사를 불렀다. 고생하시는데, 또 실패할까 봐 노련한 간호사를 불렀다는 것이다. 세 시간여 전에 채혈한 혈관 옆이 통통하고 매력적이어서 꽂았는데 안 됐다며 미안하다고 한다. 새로 온 간호사에게 말한다.

"샘이 아프게 놓았대, 밑밥을 깔았대, 하하하."

그녀는 나에게 묻는다.

"비밀 아니지요?"

"그럼요. 이젠 전공의 샘이 놓을 때, 아파도 아프다고 안 할 거에요."

"어머, 하하하~"

어렵기만 한 전문의 선생님이 주사를 더 아프게 놓았다는 사실이 그리 재미있나보다. 인간적인 모습으로 보이나 보다. 그리 생각하는 간호사가 천진하고 귀엽다. 부실한 혈관에 통통한 매력을 느꼈다는 간호사의 직업의식에 박수를 보내고 싶다. 그녀의 해맑은 웃음에 동화되었나 보다. 치료를 받으러 올 때마다 착잡하게 가라앉던 기분이 한바탕 웃고 나니 가볍고 산뜻해졌다. 이렇게 재미있었던 치료 이야기는 두고두고 기억의 주머니에서 달강거릴 것이다.

공감

"능숙한 선생님 불러주세요."

항암치료 중이었다. 쇠골뼈 아래 심은 동전만 한 캐모포트(중심정맥관)에 항암제를 놓기 위해 주삿바늘을 꽂았으나 약물 주입이 안 되었다. 잠시 쉬었다가 시도했는데도 또 실패다. 한 번 꽂을 때마다 아픔에 대한 공포를 견디기 힘들어 다른 선생님을 불러 달라고 요청했다. 몇 번 참으려 했다. 능숙한 경력자들도 다 초년 시절을 거쳐 전문의로 커가는 것이니 경험을 쌓게 하는 것도 의료 발전에 일조하는 일이라는 심정으로 견뎠는데 결국은 참지 못했다. 상급 경력자가 하는데도 결국은 실패했다. 캐모포트가 뒤집혔을 수도 있다 하여 담당과로 검사받으러 갔다.

흉부외과에서 x레이를 찍었으나 이상이 없다고 한다. 시술했던 의사 선생님이 직접 주사 바늘을 꽂아본다고 한다. '바늘을 여러 번 꽂

왔고 찌를 때마다 너무 아팠다'고 하소연하듯 말했다.

"그러게요. 많이 찔렀네요. 자, 따끔합니다."

바짝 긴장한 중에 바늘을 꽂는 느낌이 왔다.

"주사액이 잘 들어가요"

막힌 곳이 뚫렸다며 간호사가 기쁨에 찬 목소리로 말했다. 그 순간 눈물이 주루룩 귀를 적셨다. 진료가 끝나고 수납 절차 안내가 있을 때까지 계속 눈물을 훔치니 간호사가 무슨 잘못된 일이라도 있냐며 당황스러워했다. 큰 수술할 때도 담담했는데 오히려 이 작은 일에 무너지는 내 자신이 민망하다. 의사 선생님이 '그러게요. 많이 찔렀네요.'라고, 내 말에 동조해 주는 그 말 한마디가 무의식 속의 내 감정에 큰 울림으로 다가온 것 같다. 그동안 투병에 집중하느라 아픈 마음을 살피지 않았다가 의사 선생님이 던지는 한마디 말에 억눌렸던 감정이 터져버린 것이다. 그 말 한마디가 이해와 공감은 물론 환자의 관점에서 정신적인 치료까지 해 준 것이었다.

한바탕 휘몰아친 감정에서 깨어나고 보니, 어느 학부모님의 마음이 읽혀졌다. 일상의 소소한 일에 감동하다가도 어떨 땐 과민한 반응을 보여 당황했던 일들이, 어쩌면 자신의 아픔에 대한 예민함이 아니었을까. 장애 자녀를 기르며 힘들었던 학부모에게도 공감과 위로가 절실했을 것이다. 막막하고 힘든 항암치료 중에도 나를 일깨우는 죽비소리가 곳곳에 있었다. 매사에 감사할 따름이다.

항암치료가 끝나고 그 말썽 많고 불편하던 캐모포트를 제거하는 날, 끝까지 친절하게 마음을 토닥거려준 의사 선생님과 간호사에게 마음을 다해 감사를 드렸다. 막힌 캐모포트를 뚫던 날의 감동까지 얹어서.

예전에 학교 로비 입구에 카페를 만들었다. 학부모들도 활용하다 보니, 카페에서 들려오는 그들의 수다와 명랑한 웃음소리에 내 기분까지 덩달아 올라갔다. 어떤 음악이 이보다 더 감미로울까. 학부모들이 차담을 나누며 스트레스도 해소하고 힐링하여 마음의 균형을 잡아갈 것 같아 흐뭇했다. 코로나19로 중단되었던 학부모들의 카페 수다를 다시 듣고 싶어진다.

내 마음이 의사의 공감하는 말 한마디로 위안을 받은 것처럼, 우리 학부모들이 카페를 이용하는 중에 서로서로 소소한 공감이라도 얻으며 위안 받기를, 활기찬 생활을 해 나가기를 바래본다. 공감과 위로와 힐링이 가장 필요한 사람은 우리 학부모들일 터이니 그런 환경을 만드는 일에 심혈을 기울여 볼 일이다.

멀미

남편 생일이라고 아들네 가족과 30분 거리의 식당으로 갔다. 자가 운전으로 다니다가 아들 차의 뒷좌석에 앉으니 편하긴 한 것 같다. 내가 싫어하는 말 중 하나가 자신의 의견이나 느낌을 말하면서 '~한 것 같다' 라고 애매모호하게 표현하는 것이다. 나 자신도 되도록 이런 표현보다 확실하게 말하려고 애쓴다. 그런데 아들 자동차 뒷좌석에 승차하는 나의 느낌을 뭐라 표현하기가 어렵다. 편한 것인지, 아닌지. 내 스스로 운전하면 멀미를 하지 않지만 동승자로 타니 행여 멀미가 날까 살짝 긴장되는 마음 때문이다. 멀미하는 걸 알면 가족들의 분위기가 가라앉을 일이다. 나의 멀미 역사는 내 인생만큼이나 오래됐다.

초등학교 6학년 때이다.

반공교육이 한창이던 때였나. 무장 공비가 서울에 잠입했다가 김

신조만 남고 나머지는 사살되었다고 한다. 전주에서 그들이 사용했던 물건들을 전시하고 있었다. 학교 대표로 몇 명이 관람하러 기차를 타고 전주로 향했다. 생전 처음 타보는 기차였다. 가는 도중 멀미가 났다. 속이 메슥거리며 진땀이 나고 토할 것만 같았다. 더 이상 참을 수 없어 창문을 열었을 때였다. 빠~아앙 기적이 울리더니 캄캄해졌다. 터널을 지나고 있었다. 얼굴을 후려치는 바람 속에 까슬거리는 것이 느껴졌다. 토하는 것을 멈출 수도 없고, 눈을 뜰 수도 없었다. 어찌할 바를 모르는 사이 터널을 빠져나왔다. 얼굴이 서걱거렸다. 머리는 석탄 가루로 스타일링 한 것처럼 바람맞은 모양대로 섰다. 나뿐만이 아니라 내 주변 좌석에 앉은 사람들도 벼락을 맞은 것 같았다. 석탄 가루를 뒤집어쓴 내 얼굴을 보고는 화를 낼 수 없었는지 모두들 웃었다.

이제는 박물관에나 남아있을 석탄으로 가는 기차였다. 기차의 연통에서 뿜어져 나오는 석탄 가루가 널리 흩어지지 못하고 터널 안으로 퍼졌던 것이다. 터널을 지날 때 창문을 열면 안 되는 일이었다. 오수에서 전주까지 가는 철도는 유난히 터널이 많았다. 전주에 도착하여 야외 전시장에 갔다. 무장 공비들이 입었던 낡아진 옷, 무기, 그외 소지품, 사진 등이 전시되어 있었다. 당시의 처참함을 여실히 보여주고 있어 지독한 대가를 치렀지만, 반공교육 목적은 최상으로 달성된 것 같았다.

중학교 입학을 하였다.

하루에 몇 번 다니지 않는 버스를 타고 통학을 했다. 멀미가 심해 학교까지 가지 못하고 도중에 버스에서 내려 쉬었다가, 나머지 길은 걸어가곤 했다. 버스는 늘 만원이었다. 차장이 남자였다. 힘이 좋으니 시골 농산물을 가지고 타는 승객들의 짐도 번쩍 들어 실어 주었다. 게다가 상냥하기까지 하여 인기 만점이었다. 남자 차장의 위력은 5일 장날에 더욱 빛났다.

"안으로 들어가요, 들어가!"

목청껏 외치며 문의 양쪽 난간을 잡고 몸을 배치기 하듯 밀어 넣으면 불가능해 보였던 인원이 모두 올라탈 수 있었다. 나는 죽을 맛이었다. 가는 도중, 멀미를 못 참을 정도가 되면 구토까지 가기 전에 내려야 했다. 밀착될 대로 밀착된 버스 안에서 구토까지 할 수는 없지 않은가. 안으로 밀려들어 가지 않으려고 출입구에 있는 기둥을 잡고 버텼다. 그 와중에 눈에 들어오는 것이 있었다. 철봉처럼 길게 설치된 손잡이를 잡고 있는 손이었다. 어젯밤 닦은 내 손과 닮아 있었다. 손의 주인을 찾아보니 선배 남학생이었다. 어젯밤 이 선배도 따뜻한 물에 손을 불려 매끈한 돌로 때를 밀었을 것이었다. 지금같은 때밀이 타월이 없을 때였다. 피식 웃음이 나왔다. 손가락뼈가 있는 불거진 부분은 과하게 밀어져 맨질맨질하다 못해 붉었다. 뼈와 뼈 사이 들어간 부분은 잘 밀어 지지 않아 치어의 비늘 같은 때가 그대로 바짝 서 있었다. 누구의 손이 더 잘 밀어졌나 비교해 가며 멀미 없이 목적지까지 무사히 도착했다.

내 자동차에 누군가를 태우기는 하나, 내가 동승자로 타기는 어렵다. 멀미 때문이다. 난 "무수리과라서 마님 역할을 못 한다"고 농담을 하곤 한다. 살아온 이력도 곱게, 편하게 살아온 게 아니니 설득력 있는 것 같아 즐겨 사용했던 말이다.

지금은 멀미를 거의 하지 않는다. 배가 고프거나 컨디션이 좋지 않을 때만 가끔 일어난다. 그것도 미리 약을 먹으면 예방이 된다. 이러저러할 때 멀미를 많이 겪어내다 보니 몸이 적응한 것이다. 내 삶도 온갖 풍상을 원래 내 몫이었던 것처럼 다독여 겪어내다 보니 한 사람의 인생이 되었다. 내 안에서 일어나는 멀미를 누군가 대신해 줄 수 없듯이, 살아가는 것 또한 스스로 헤쳐 갈 길이었다. 이제는 가볍게 정리하는 자세로 살아보려 하나, 조금은 두렵고 무거운 과제들이 남아있다. 그러나 이 남은 과제들이 삶의 동력이 되기도 한다. 적당히 긴장하고, 해 나갈 일이 있음이 감사한 일이다. 행여 멀미가 날까 염려되나 약을 처방할 수 있듯이, 미래의 삶에 어려운 일이 있을까 걱정되나 지금까지 살아온 경험으로 지혜롭게 나아가 보는 것이다. 어쩌면 나의 멀미 역사가 나의 삶과 닮아 있는 게 아닌가 생각해 보게 된다.

토끼는 쇠뜨기를 좋아해요

학교에서 기르는 토끼한테 갈 때마다 내심 기대를 한다. 나를 얼마나 반겨줄 것인가. 토끼집에 도착하기도 전에 토끼들이 먼저 발자국 소리를 듣고 우르르 뛰쳐나온다. 긴 뒷다리를 펴고 짧은 앞다리로는 토끼장 철망에 기대서면 키가 훌쩍 커진다. 'ㅅ'자 모양의 입과 코를 벌름거린다. 먹이를 주고 싶은 마음을 이리 강렬하게 자극할 수가 없다. 남의 집을 방문할 때 선물을 준비해 가듯 토끼집에 갈 때는 싱싱한 풀을 선물로 가지고 간다. 파릇파릇한 풀을 넓게 펼쳐 던져주면 모두들 신나게 오물오물 먹는 모습이 귀엽기 그지없다. 그 와중에 우두머리 녀석이 입으로 다른 토끼를 밀쳐내며 횡포를 부린다. 토끼들이 주눅들 듯도 하건만 개의치 않고 이쪽으로 폴짝, 저쪽으로 폴짝 자리를 옮겨가며 잘도 먹는다.

오늘은 토끼 먹이도 얻고 잡초 제거도 할 겸, 학교 경사로 화단의 잡초를 뽑으러 가는 길이다. 토끼집 앞을 살금살금 조심스럽게 지나간다. 토끼에게 줄 풀이 없는데 토끼들이 몰려나올까 봐 마음 졸인다. 발자국 소리를 들으면, 자기 집에 오는 줄 알고 100m쯤 되는 거리의 사육장을 끝까지 줄달음쳐 올 것이다. 그렇게 열렬히 반기며 따라오는데 풀 선물이 없다는 것은 실망과 함께 신뢰를 잃을지도 모를 일이다. 내가 반가운 이유가 무엇인지 아는, 그 정도의 센스는 있으니 새삼 미안해지는 것이다.

화단에 얻어다 심은 백합의 줄기가 제법 튼실하게 올라와 꽃망울 맺을 준비를 한다. 산나리도 꽃 피울 준비 중이다. 보라색 초롱꽃은 한창 만개했다. 주변에 개망초, 씀바귀, 달개비, 쇠뜨기, 강아지풀 등 잡초들이 많다. 그중 가장 많은 것이 쇠뜨기 풀이다. 쇠뜨기는 다행히 뿌리가 많거나 깊지가 않아 잘 뽑힌다. 뽑아낸 쇠뜨기는 토끼도 못 먹일 것 같아 따로 모았다. 언덕이 비탈진 데다 돌멩이가 많은 박토여서 흙이 적었다. 잡초를 뽑고 비어진 주변에 흙을 북돋아 주었다. 한편에서 쉬고 있던 학생 활동 보조하시는 분이 와서 뽑아 놓은 쇠뜨기 풀을 한 아름 안아 들었다.

"아니에요, 제가 갖다 버릴 겁니다."

"토끼 주려고 합니다. 토끼가 쇠뜨기 풀을 좋아합니다."

하며 잰걸음으로 가지고 간다.

나의 수고를 덜어줄 겸 가져간 것이겠지만 풀을 안고 가는 그의 뒷모습이 토끼를 사랑하는 마음을 그대로 풍기고 있었다.

우리 학교 울타리 안에서 동물들을 길러 학생들의 생태학습에 도움을 주고 싶으나 학교 부지가 좁아 어려웠다. 어느 선생님이 당닭을 기증하여 기르기 시작했다. 음료 박스에 보금자리를 만들어 알을 낳게 하고 알을 모아 부화를 시켰다. 부화된 병아리가 자라 숫자가 늘어났다. 문제는 닭똥 냄새였다. 비라도 오고 난 후에는 더욱 심했다. 의견들이 분분하여 닭보다 토끼를 기르기로 했다. 이웃 학교에서 토끼 몇 마리를 분양받았다. 검은색과 갈색 토끼들이었다.

서울 잠실의 한 고등학교를 방문했다가 토끼사육장이 있어 암컷 한 마리를 또 분양받았다. 흰색 몸에 까만 점이 있고, 눈동자 주위는 검은색으로 샤도우 한 것 같은 깜찍한 모습이었다. 토끼사육장에 데려온 흰토끼를 넣었다. 우두머리 수컷이 쪼르르 달려 나왔다. 양쪽 귀 사이 머리와 등에 갈기 같은 갈색 털들이 서 있는 모습이 제법 위엄이 있어 보인다. 입과 코를 벌름거리며 새로 온 흰토끼 주위를 맴돌았다. 행여 텃세를 부리며 따돌림 할까 봐 걱정되었다.

분양받을 때, 잘 키워 달라고 당부하던 여학생의 말이 스쳤다. 다행히 새로 온 흰토끼는 잘 적응하여 새끼까지 낳았다. 얼마 전, 엄마 토끼의 머리, 배 등에 털이 듬성듬성 빠지고, 엷은 핏빛의 물이 군데군데 묻어 있는 것을 보았다. 새끼 낳을 만한 곳을 은밀히 살펴보니 하얀 털 위에 빠알간 것이 고물거렸다. 자신의 털을 뽑아 보금자리를 만들고 새끼를 낳은 것이다. 어미의 모성애는 어떤 경우든 숭고한 감동을 준다. 어느새 주먹만 하게 자란 흰색, 검은색의 새끼가 초롱초

롱한 눈을 반짝이며 폴짝폴짝 뛰어다니는 걸 보고 있노라면 볼이라도 비비고 싶은 충동이 인다. 지금은 흰색 토끼의 수가 다른 색 토끼 수보다 더 많아졌다. 유전적으로 흰색이 우성인가 싶다. 토끼장을 아무리 잘 막는다고 해도 어느 틈새로 나오는 건지 울 밖으로 나와 돌아다니는 새끼가 있다. 가출하여 자유를 얻는 것은 좋으나 행여 천적을 만날까 봐 걱정이다.

학교 주무관님이 울타리에서 뻗어 내리는 개나리를 정리하느라 가지를 쳤다. 쳐낸 가지를 토끼 우리에 넣어주니, 새끼와 어미 토끼들이 쉬기도 하고, 나뭇잎을 따먹거나 줄기를 갉아 먹는단다. 새끼와 어미가 이 채식만으로는 영양 보충이 안 될 것 같다며 사료를 줘야겠다는 말에 토끼 사랑이 진하게 묻어나 가슴이 뭉클해진다. 비가 오나 눈이 오나 쾌적한 환경이 되도록 알뜰히 보살펴주는 손길이 있지만 가끔은 의문을 남긴 채 무지개다리를 건너기도 한다. 어미가 새끼를 낳다가 잘못됐다는 소식을 들었다. 같은 일이어도 출산으로 인한 것이라니 더 가슴이 아린다. 숭고한 새 생명의 탄생에 기쁨과 축복만 있어도 부족할것인데… 토끼들이 건강하게 자라기를 바란다. 그리고 자신들을 위해 수고해 주시는 분들의 사랑을 느끼며 더 행복해지면 좋겠다. 우리 학생들이 생명의 소중함과 아름다움에 더 깊이 공감할 수 있으면 좋겠다.

누가 더 예쁠까

"아웅!"

입을 앙다물어 아랫입술 안쪽을 문다. 너무 사랑스러운 감정을 추스르지 못한다. 손자를 안고 어르며 연신 쪽쪽- 소리를 낸다. 돌이켜보면 바쁘다는 핑계로, 아들을 이렇게 여유롭게 안고 얼러 본 적이 있었던가? 있었다 한들 기억이 희미하다. 손자를 안고 행복감에 푹 빠져 있는데 아들이 물었다.

"손자가 그렇게 예쁘다면서요?"

"그럼~"

"엄마는 아들이 예뻐요, 손자가 예뻐요?"

"응, 웬...?"

과연 누가 더 예쁠까? 비교할 수 있는 대상이기는 한 건가. 할머니 왔다고 통통 튀어오는 손녀, 그저 천진하게 방글방글 웃는 손자. 뭐 봄눈 녹듯 녹아나는 마음을 어찌 말릴 수 있겠는가. 그러나 아들의 질문을 받고 보니, 무의식중 하는 나의 행동이 있음을 깨달았다.

쑥쑥**이라는 앱에 올라오는 아들 가족의 영상을 볼 때다. 영상들 중에 손녀 손자의 귀엽고 예쁜 장면들을 보고 내려 받기도 한다. 그러나 그중에서도 아들의 행복한 모습에 더 눈길을 주며 웃고 있는 나의 모습을 알아챈 것이다. 아들이 행복해하는 모습에 나도 덩달아 행복해진다. 며느리도 더없이 사랑스럽고 예쁘다. 이제 더 바랄 것이 없다. 아들의 질문에 괜히 심각하게 고민할 뻔했다. 나는 이미 은연중에 아들에게 더 많은 눈길을 주고 예뻐하며 온전한 사랑을 주고 있었던 것이다. 아들은 또 자신의 자식을 예뻐하면 될 일이다. 일종의 거스를 수 없는 사랑 대물림이다.

손녀 손자는 책임질 일이 없으니 마냥 예쁘기만 하다는 이야기가 있다. 자식을 낳아 기르고 그 후손을 보니 세상사는 의미와 즐거움이 더 깊어진다. 이 가족 사랑이 세대를 잇고 미래를 바라볼 수 있게 하나 보다.

잠자리 운수 좋은 날

　방학이 되면 평상시 수리가 필요한 것들을 모아 진행하는 학교 시설 공사가 많다. 며칠 전, 진행 중인 유치원 교실 공사가 궁금하여 유치원에 갔다. 둘러보고 문밖으로 나오려는데, 왼쪽 계단 밑바닥에서 뭔가 움직임이 느껴졌다. 어린 잠자리의 발버둥이었다. 잡으면 부서질 것 같았다. 조심스레 날개 네 장을 엄지와 검지로 잡아 올렸다. 연회색 몸통에 투명한 날개를 가진 잠자리다. 거미줄에 걸렸는데 사람 머리카락과 먼지까지 뒤섞여 온몸을 감싸니 날개를 파닥거려도 헤어나올 수가 없었을 것이다.

　어쩌다 사지로 들어오게 되었을까. 감긴 것들을 떼어내려니, 계속 다리를 비벼댄다. 가녀린 다리도, 여리고 얇은 날개도 다칠 것 같아 얽힌 것들을 떼어내는 손이 긴장된다. 다 풀어내고 보니 다친 곳은 없는 것 같았다. 잠자리를 들고 밖으로 나왔다. 한여름 푹푹 찌는 날씨지만 하늘은 높고 청명하다. 잠자리가 과연 저 하늘로 날아오를 수 있을지 날개를 놓으려다 말고 심호흡을 한다. 왼손을 높이 들어 던지듯 날렸다.

오, 날았다!

점점 높이 올라가더니, 한 바퀴 선회하고 더 높이 올랐다가 시야에서 사라졌다. 잠자리가 그렇게 높이 나는 모습은 처음 보았다.

매번 중앙 현관을 통해 유치원에 들어가던 내가 오늘은 어찌 건물 밖으로 난 문으로 들어갔을까, 어찌 그 작은 몸부림을 발견했을까. 아무래도 오늘은 그 잠자리의 운수 좋은 날이다. 잠자리가 잘못된 선택으로 실내에 들어갔지만, 사력을 다해 살고자 하는 의지가 자신을 살렸다. 가까스로 빠져 나왔으니 이제는 조심하여 천수를 누리리라. 생명 하나를 살린 내 기분도 잠자리 따라 높고 푸른 하늘로 포르르 폴폴 날아 올랐다.

무엇을 남길 것인가

　늦은 오후, 학교를 한 바퀴 휘 돌아보러 나간다. 교사 뒤편 토끼장의 토끼들과 눈 맞춤을 한다. 얼마 전 가출했다가 눈을 다쳐 치료하고 귀가시킨 녀석이 다시 가출했는데 요즘 보이지 않는다고 걱정들을 하더니 역시나 보이지 않는다. 주차장을 지나 오솔길로 접어들었다. 9월이 가까이 오니 높은 나무에서 우는 쓰름매미 소리가 떠나가는 여름을 아쉬워하는 듯 더 애달프게 들린다. 그렇게 작열하던 열기도 어쩔 수 없이 식어 가는지 바람 속에 선선한 가을이 숨어 있다. 묘지들을 지나고 밭을 지나 학교가 내려다보이는 언덕배기에 섰다. 석양에 반사된 학교 건물의 빨강, 초록, 노랑 색깔들이 빛을 낸다. 새 단장한 학교 모습이 푸른 하늘과 맞닿아 눈이 시릴 만큼 도드라져 사랑스럽다.

　올해는 운이 좋아 시급한 환경개선을 하게 되어 감사하다. 화재에

취약하여 항상 걱정이 앞서던 드라이비트 외벽을 걷어내게 되어 마음도 가볍다. 더불어 회색빛으로 칙칙하던 학교 외벽을 밝고 화려하게 다듬고 보니 아기자기한 모습으로 변신하여 실내에 있다가도 자꾸 밖으로 나가 보고 싶어진다. 여름방학엔 소방도로도 냈다. 학교 숲이 소방도로로 잘려 나간다는 생각 때문에 망설였는데 공사를 하고 나니 학교 앞이 훤한 게 오히려 하길 잘했다. 새로운 것, 변화하는 것에 두려워할 필요 없다는 생각이 든다. 그만큼 뭔가 얻어지는 것이 있음을 새삼 느낀다.

학교 놀이터도 개선이 시급했으나 지원을 받게 되었다. 특수학교에 IT 기자재 지원이 있어 수업환경도 현대화되어 가고 있다. 우리 학교 가족들 모두 간절히 원하니 이루어진 것 같아 더욱 뿌듯하다. 시설들은 개선되어 가나, 그에 반하여 과연 우리 학생들의 교육은 잘 이루어지고 있는가 고민이 된다. 특수교육에 왕도가 없다고 하듯이 학생들의 개별적인 교육 요구를 파악하고 그에 맞는 교육 방법을 찾는 것이 평생 품어 온 의문이고 숙제다. 이 숙제는 서 있는 위치마다 다른 숙제인 것 같지만 결국 근본은 같은 것이다.

얼마 전 항암 수술과 치료가 끝나고 경과를 점검하기 위해 심장초음파 검사를 했다. 검사원이 물었다.

"직장생활 하셨어요?"

"네, 직장 생활하다 정년퇴임 했습니다."

"어쩐지 빠릿빠릿하세요."

나이에 비하여 지시대로 '빠릿빠릿' 하게 따라 움직여 주니 편했나 보다.

"무슨 일 하셨어요?"

"특수교육 했습니다."

"아유, 힘들었겠어요."

"아뇨, 재미있었습니다."

서슴없는 대답이 나왔다. 그런데 기분은 찜찜하다. '힘 들었겠다' 는 말의 의미가 무엇일까. '힘 들겠다', '좋은 일 한다' 는 말을 많이 들었다. 이 말이 수고한다는 따뜻한 위로의 표현이라는 것은 알지만 어느 직업인들 그러지 않을까. 직업인이기 전에 봉사하고 희생하는 사람이라는 인식을 갖는 것이 평생 특수교육을 해온 내 자긍심에 생 채기를 낸다. 단지, 특수교육인으로 전문성 외에 더 갖추어야 할 덕 목이 있다면 인내와 공감하는 마음일 것이다. 항상 끊임없이 노력해 야 하는 부분이기도 하다.

검사자의 말에 심란하기도 했지만, 정년 후에도 특수교육을 놓지 못하고 계속하고 있는 것에 대해 재조명해 볼 일이었다. 때로는 항상 머릿속을 채우고 있는 학교 일로부터 해방되기를 바라기도 한다. 그 러다 학교에 나가 학생들을 만나면, 이 아이들을 어떻게 더 행복하게 해 주나 정신을 가다듬게 된다. 건강하고 활동적인 에너지로 교육활 동을 지켜봐 주어야 할 책임이 막중한 것이다. 그리고 조금 느린 우리 아이들을 길러내는 것보다 값진 것은 없다는 생각에 힘을 얻는다.
이 세상에 왔다가 무엇을 남기고 갈 것인가라는 자문에, 가치 있는
일로 마무리한다는 자답을 한다.

꿈의 여행, 남아메리카를 가다

- 페루
- 볼리비아
- 칠레 & 파타고니아
- 아르헨티나
- 브라질

꿈의 여행, 남아메리카를 가다

20년 전부터 꿈꾸기 시작했던 남미 여행이다. '배를 타고 아바나를 떠날 때'(라틴아메리카 문화기행, 이성형, 2001) 이 책을 접한 것은 2002년도다. 책 제목이 고등학교 때 배운 노래 '라 팔로마'의 애잔한 노랫말인 것이 이목을 끌었다. 중남미 문화, 역사, 정치 등을 망라한 중남미 4개국의 기행이었다. 호기심으로 읽던 책은 남미 여행을 꿈꾸게 했다. 여행을 좋아했지만 사는 것도 벅찰 때였다. 언젠가 이 책에 나오는 곳들을 찾아보리라 그렇게 열망하며 20년이 흘렀다. 퇴직하고 수고한 나에게 선물한다는 미명하에 곳곳의 해외여행을 했지만, 그동안 남미는 미뤄졌다. 체력이 요구된다는 남미 여행을 더 이상 미루면 안 될 것 같아 결단을 내렸다. 외국어 실력이 일천하니, 패키지여행과 배낭여행이 결합된 여행 상품을 선택했다.

'외국어 못하신다고 쫄지 마세요! 남미 사람들도 손가락은 10개입니다.' 이 문구가 가슴에 방점을 찍었다. 함께할 사람이 없어, 여행사에서 연을 이어준 룸메이트를 여행 전에 만났다. 그녀도 여행 경험은 많으나 외국어에 자신 없단다. 뭐, 바디랭귀지로 통하겠지 했다. 나름 유튜브로 영어 회화 공부도 했으니까. 그런데 막상 현지에서 급한 일을 당하니 입도 떼지 못했다. 완벽한 준비라는 것은 없는지 출발 전날까지도 종종거렸다.

페루

2022년 2월 드디어 27박 28일간의 페루-볼리비아-칠레 & 파타고니아-아르헨티나-브라질 5개국 남미 여행이 시작되었다. 인천공항에서 여행 기념 출발 동영상을 찍었다. 어느 여행자처럼 흉내 내보려니 쑥스러워 대기실 구석진 자리를 찾아 찍었지만, 지금까지 재생해 볼 용기가 나지 않아 보지 못했다.

드디어 꿈의 트랩을 밟았다. 인천에서 LA까지 11시간, 환승 대기 몇 시간 후 LA에서 페루 리마까지 8시간 비행이었다. 옆자리에는 라틴계의 30대 후반쯤 되어 보이는 남자가 앉았다. 오랜 시간을 투명인간처럼 모른 척하고 있기 멋쩍어 눈인사를 했다. 그는 옷자락 귀퉁이를 잡아 안경을 닦았다. 얼른 일회용 렌즈 크리닝 티슈를 내밀었다. 그는 반갑게 받아 안경을 닦으며 물었다. 어디에서 왔느냐고. 대한민국에서 왔다며, 앞좌석 모니터에 있는 비행선 지도에서 우리나라를 찾아 손가락으로 가리켰다. 고개를 끄덕이며 본인은 Portland

에서 왔다고 했다. 아는 척했지만, 스코틀랜드? 내가 잘 듣긴 한 건가 의심이 갔다. 북유럽 쪽 어느 나라인가 했는데 미국이다. 이후 대화 없이 리마공항에 도착할 무렵, 그 남자가 나에게 몸을 기울이며 핸드 폰을 보였다. 세상에나, 한글로, '즐거운 여행 하세요'라고 적혀 있 었다. 사진을 찍어둘걸, 반가운 나머지 감사 인사만 하느라 생각도 못 했다.

꼬박 하루 걸려 페루의 수도 리마공항에 도착했다. 지구 반 바퀴를 돌아 우리나라 반대편에 온 것이다. 첫 숙소에 여장을 풀었다. 일행 들과 인사를 나눠 보니, 여행 고수들이 세계여행을 하다 마지막 여행 지로 남미를 택한 게 아닌가 싶었다.

첫 방문지는 리마 시내에서 도보로 갈 수 있는 우아카 푸쿠야나 고 고학 박물관이었다. 서기 200~700년 흙벽돌로 만든 계단형 피라미드 로, 고대 문명의 활동 중심지였다. 흙벽돌로 쌓은 건물이 이렇게 오 래 보존이 된다는 게 신기했다. 유적지 부근은 현대식 건물들이 들어 서 리마의 과거와 현재가 대비되어 역사의 흐름을 느끼게 했다.

아르마스 광장으로 갔다. 유네스코 세계유산인 리마 역사 지구의 중심부로 대통령궁, 대성당, 리마 대주교 궁 등으로 둘러싸여 있다. 대성당은 1546년 스페인 정복자 피사로가 직접 성당의 주춧돌을 놓 아 지었다고 한다. 이 성당에 피사로의 유해가 안치되어 있다니 페루 입장에서는 정복자를 기념하는 곳이 된 것 같아, 역사의 아이러니를 체감했다. 대성당 내부는 종교예술박물관으로 종교 관련 서적과 의상, 16~18세기에 수집된 25,000여 권의 장서와 미술품 등이 전시 및 보관되어 있다. 놀랍게도 약 7만 명의 유골을 원형으로 배치한 '카타쿰바'라고 하는 지하 묘지도 있었다. 미로 같은 지하의 탁한 공기와 냄새가 상당히 불편했다. 하늘로 오르지 못한 영혼들이 뒤엉킨 냄새 같았다. 성당 밖 광장에서는 잉카문명의 재현인 태양제 축제가 열리고 있었다. 전통음악에 맞춰 춤추는 사람들의 화려한 색감과 독특한 문양의 의상이 눈길을 끌었다. 그때 한 소녀가 서툴지만 엄연한 우리말로 "안녕하세요"하며 다가왔다. 검은 뿔테안경을 끼고 웃는 모습이 순한 양처럼 귀엽고 사랑스럽

다. 한국 드라마를 보며 한국말을 익혔단다. 반가워 사진을 찍자고 제안하여 기념으로 남겼다.

여행자들과 페루의 젊은이들이 모인다는 라르코마르 해변 '사랑의 공원'에 갔다. 이 공원에는 태평양을 배경으로 남녀가 키스하는 동상이 유명한데 여기에서 키스하면 사랑이 영원하다고. 내가 보기에는 키스하는 형상이 너무 노골적이고 투박해서 몽글몽글한 설렘이 일지 않을 것 같았다. 그래도 일행들과 동상 흉내를 내며 유쾌하게 사진을 찍었다. 사랑의 공원에서 탁 트인 바다를 바라보다 아래를 보

니, 아득한 절벽이다. 절벽 높이는 물경 100m라고 한다. 절벽 아래의 말발굽처럼 둥글게 생긴 해변과 휴식하는 사람들과 절벽에 핀 꽃들이 한데 어우러진 아름다운 풍경이다. 해 질 무렵, 태평양 노을은 모든 것을 물들였다. 그 실루엣을 배경으로 저녁을 먹으며 맥주를 곁들였다. 하얀 거품처럼 부푼 여행의 꿈을 꿀꺽 넘기는 순간, 나는 인생의 멋을 아는 근사한 여행자가 된 것 같았다.

이카로 가는 중에 자그마한 해변마을에서 쉬어 점심식사를 했다. 튀긴 옥수수의 고소한 맛의 기억이 지금도 남아 있다. 갑자기 왁자지껄 환호성이 들렸다. 열정적인 아가씨들의 길거리 공연이었다. 빨간색에 프릴로 장식한 원피스를 입고 빠른 리듬에 맞추어 몸을 흔드는 춤사위는 가히 관객들을 홀릴 만했다. 길거리의 자유로움과 무용수들의 감각적인 아름다움이 감동을 더 했다. 남미 드럼박스 카혼의 리듬이 저 깊은 곳에 숨겨 둔 흥까지 끌어냈다. 리드미컬하고 단순한 리듬이 듣는 이의 심장을 뛰게 하는 강력한 마력이 있었다. 카혼 연주와 무용수들의 흥 돋는 몸짓에, 저절로 비트를 타는 관객들의 환호성은 혼연일체가 되어 온 세상을 덮고도 남았다.

와카치나에서는 사막 질주가 기다리고 있었다. 중국 내몽고 자치구의 옥룡사호 사막을 달려보기는 했으나 거기에 비할 바가 아니었다. 첩첩이 싸인 누런 사막언덕 등성이는 오직 바람과 모래뿐, 그 속으로 모든 것이 묻힌 듯했다. 엎드려서 거꾸로 질주하는 샌드보딩에 도전하지만 예상을 뒤엎는 결과에 통쾌하게 웃었다. 끝 간데없는 모래언덕의 찬란한 노을에 감탄사를 연발하다 자연의 위대함에 숙연해졌다. 노을을 등지고 사막을 내려오니, 오아시스 마을이 오를 때 느끼지 못했던 다른 분위기를 자아내고 있었다. 사막언덕과 마을 불빛의 조화라니! 불빛이 둥근 오아시스 마을 모양을 선명하게 그리며 오아시스 물속에 마을을 하나 더 그려 넣고 있었다. 숙소마저도 이 아름다움에 손색없는 멋진 곳이어서 하루 일정을 이국의 정취에 심취되어 마무리하게 되니 여행자의 마음은 더욱 설렜다.

드디어 나스카 라인 경비행기 투어 날이다. 지상 1,500피트 이상 상공에서만 그림 전체를 볼 수 있다니 비행기를 탈 수밖에 없다. 멀미가 걱정되었다. 경비행기는 나스카 라인을 따라 곡예 하듯 날았다.

고지대 척박한 곳에 크기가 300m라는 큰 새의 좌우 대칭과 특징을 어떻게 잘 살려 그렸는지 경이롭기만 했다. 기체 아래에 새 모양 같은 경비행기 그림자가 우리와 똑같이 움직이니 동지를 만난 듯 반갑다. 높은 설산의 웅장한 안데스산맥을 보니 페루의 지형이 조금은 이해가 간다. 기내 방송 안내에 따라 17개의 그림 찾기에 몰두한 영향인지 멀미를 잊고 무사히 비행을 마쳤다.

리마로 돌아와 세계의 배꼽을 의미하는 잉카제국 수도 쿠스코로 왔다. 쿠스코에 대해 잘 알지 못하지만 막연하게 품은 동경이 더욱 흥미를 당겼다. 잉카는 '다스리는 귀족' 이라는 뜻이라고 한다. 쿠스코에도 아르마스(Armas) 광장이 있고 그 안에 대성당이 있다. 광장에는 잉카 대국의 기초를 다졌다는 황제 파차쿠텍의 화려한 동상이 있었다. 동상 아래 분수가 흘러내리고 사람들이 의자에 쉬고 있는 모습이, 마치 황제가 자신의 후손들에게 물소리를 들으며 고단한 일상을 쉬어가게 하는 것 같았다. 광장을 거닐다 고산병에 좋다는 코카잎차와 음료수를 구입했다. 고도 4,260m에 적응하기 위해 미리 고산병약도 복용했다. 급하게 걸으니 숨이 찼다.

천천히 휴식하면서 산책하듯 시내를 둘러보라던 가이드의 말이 자분자분 다가왔다. 천천히 걷다 보니 이름이 재미있는 꼬리칸챠에 도착했다. 황금 사원이라는 뜻을 가진 잉카 유적지다. 태양신을 모시던 신전으로 잉카제국에서 가장 중요시되었던 신전이다. 스페인 정복자들은 수많은 잉카의 건축물들을 파괴하고 남은 잉카의 거대한 돌담

위에 스페인식 건축물들을 올렸다. 이후 대지진으로 스페인식의 건축물들은 무너졌으나, 잉카 시대의 기단과 벽 일부는 남아서 당대 석축 기술의 뛰어남을 증명해 주었다. 그들은 여기 꼬리칸챠에도 산토도밍고 성당을 세웠지만 파괴되어 재건축했다. 꼬리칸챠 2층에서 멀리 시선을 두니 쿠스코 마을의 평화로운 모습이 들어온다.

페루 역사의 현장에 이방인으로 서 있는 내가 대견스럽기도 하지만, 작은 조약돌처럼 느껴지기도 한다. 꼬리칸챠를 나오니, 원주민 복장을 하고 알파카를 안은 아주머니가 다가왔다. 유료로 알파카를 안고 사진을 찍으라는 것이다. 알파카와 둘이 찍으려 하니 아주머니도 자연스레 앵글 안으로 들어왔다.

이어진 골목길을 걸었다. 건축물 중에서 유명하다는 12각 돌을 보기 위해서다. 크기와 모양이 다른 돌들을 다듬어 엇갈리게 맞물려 축조한 기술은 바위와 바위 사이에 명함 한 장 들어갈 틈이 없을 정도로 정교했다. 끝내 12각 돌은 찾지 못했다. 찾아본 것 중 최대가 8각 돌이었다. 그래도 만족했다. 8각을 깎아 치밀하게 돌담을 쌓아 대지진에도 견디게 한 기술과 지혜만으로도 감동이니까. 건축물뿐 아니라 골목길 돌들도 섬세하게 놓아져 있었다. 오가는 후손들의 발길에 닳아져 매끈하고 빛이 났다. 앞으로도 영원한 생명의 길로 남을 것 같다. 할머니가 골목길 대문간에 알록달록 곱고 앙증맞은 잉카 수공예품들을 펼쳐놓고 선택을 기다리지만 지나는 사람들은 대부분 무심했다. 그래도 할머니는 쉬지 않고 실을 다듬는다.

다음 코스는 쿠스코보다 고도가 낮은 우루밤바로 가는 도중 휴식 시간에 천연염색 가게에 들렀다. 바구니마다 색색의 털실이 담겨 있었다. 염색 된 털실과 그 털실 염색제로 쓰인 재료를 보기 좋게 진열해 놓았다. 한갓 풀이고 나뭇가지이며 열매인 그 속에서 어떻게 저런 오묘하고 예쁜 색이 나올까 신기했다. 천연 염색실로 짜 놓은 옷, 숄, 깔개 등의 작품이 전시 판매되고 있었다. 그새 쿠스코 문명에 동화가 되었을까. 평상시 같으면 원색에 거부반응이 났을 것 같은데, 그곳에서는 그저 예쁘기만 했다. 쿠스코 골목길에서 무심이 지나쳤던 할머니의 수공예품에 대한 아쉬운 마음을 풀고자 기념품을 샀다. 염색 제품 외에도 온갖 씨앗들과 농기구들도 있었다. 농기구들이 어디에 어떻게 쓰일지 짐작이 갈 만큼 우리 농기구와 흡사한 걸 보며, 어디서나 먹고사는 방법은 비슷하다는 것을 새삼 느꼈다.

한 귀퉁이 철장 안에 꾸이(기니피그) 세 마리가 나를 보고 있었다. 포동포동 귀여워 인사를 했다. 에구, 식용 가축으로 기른다고 하니 왠지 애잔했다. 아가씨에게 사진 찍기를 요청했다. 어머니와 함께 수줍은 미소를 지으며, 오른손으로 자신의 치마를 살짝 넓혀 잡는다.

성의 있게 포즈를 취
해주는 센스가 돋보였
다. 양 갈래머리에 수
줍게 웃던 소녀의 잔
상이 오래도록 남았
다. 어느새 해는 넘어
가고 남은 잔영이 산
아랫마을을 어루만지

고 있었다. 이제 곧 이 빛마저도 거두어갈 것이었다. 어두운 밤길을
더듬어 숙소에 도착했다. 해발 2,600m였다. 쿠스코보다 낮은 곳에서
고산병 증세로부터 심신을 안정시켜야 했다.

다음날, 드디어 마추픽추다. 세계 7대 불가사의로 명명된 잉카제국
의 고대도시다. 태양의 도시, 공중 도시, 그리고 잃어버린 도시, 유명
세만큼이나 불리는 이름도 많다. 페루 레일과 셔틀버스로 마추픽추
입구까지 갔다. 한참을 걸어 꼭대기 망지기 집에 올라서니, 산 정상

에 돌로 쌓아 만든 도시가 신비로운 주변 풍경과 함께 시선을 압도했다. 와이나피츄 산이 마추픽추 도시의 배경이 되어 더욱 장관을 이룬다. 이 멋진 배경이 없다면 마추픽추의 아름다움이 조금은 퇴색할 것 같았다. 태양의 신전, 정원, 제물을 바쳤을 것으로 추정되는 제단 등 건물은 약 200호 정도라고 한다. 그 아래로 우루밤바 강으로 흘러드는 황톳빛 계곡이 도도히 흐른다. 마추픽추를 둘러싼 높고 낮은 산들의 봉우리에 구름이 걸쳐져 선을 이룬다. 관람객들이 감탄사를 연발

하며, 사진을 찍는 포즈들을 보는 것도 또 하나의 재미다. 알파카 한 마리가 마추픽추를 배경으로 입을 오물거리며 풀을 뜯는다. 마냥 선한 눈빛으로 유순하게 인간과 더불어 살아갈 것 같은 알파카의 모습도 가슴에 담아두었다.

마추픽추 산 아래에서 버스를 타고 내려올 때부터 부슬부슬 비가 내리기 시작하더니 아구아깔리엔떼스에 왔을 때는 장대비로 변했다. 마추픽추를 휘감아 흐르던 붉은 계곡물이 인도까지 침범할 것처럼 혀를  낼름거렸다. 아구아깔리엔떼스에서 점심 식사하고 수공예품 가게에 들러 소품 몇 가지를 샀다. 그중 방울끈과 'CUSCO'라고 쓰인 털모자

는 지금까지 잘 애용하고 있다. 방울끈을 모자에 두르면 이국적인 분위기가 시선을 끈다. 여행지에서 구매한 소품은 두고두고 여행의 추억을 불러온다.

이어 오얀따이탐보로 이동했다. 잉카문명의 흔적을 따라 쿠스코 근교를 돌아보는 '성스러운 계곡' 탐방이다. 이곳은 우루밤바의 곡창지대이자, 페루 역사상 최고의 잉카제국 요충지라고 한다. 태양 신전을 지어 태양을 섬기고 달을 숭배하였으며, 하늘은 콘도르, 땅은 퓨마, 땅속은 뱀이 지배한다고 믿었다. 앞산 중턱에 있는 기지 같은 곳은 곡식 저장고라고 한다. 산 밑에서 꼭대기까지 만들어진 계단식 밭은, 각 층마다 기르는 작물이 다르고 내진 설계와 관개 시설까지 되어 있다.

모라이(Moray)는 해발 3,500m에 위치한 원형 계단밭으로 잉카인들의 농업 실험지다. 10m 높이 계단마다 토양과 온도가 달라 계단의 환경에 적합한 농작물 재배법을 연구한다. 원형을 어쩜 그리 정확하게 만들었는지, 연구하고 일하는 터지만 아름답기도 하다. 우리가 통상 사용하는 식재료인 감자의 원산지가 페루라니, 잉카인들이 이 농업 실험지에서 연구한 결과물이 아닌가. 앞으로 감자를 먹을 때, 잉카인들의 지혜와 수고를 생각하며 감사하게 먹어야겠다.

일행을 태운 자동차는 산속 염전으로 가는 살리네라스의 길을 달렸다. 옥수수와 밀을 재배하는 들이 푸르러서 상쾌해졌다. 오랜만에 보는 푸른 들이 눈부시다. 비가 부슬부슬 내리는 산비탈의 안개가 바람에 곡예 하듯 일렁인다. 어딜 봐도 산에 걸린 안개는 막힘없이 자유롭다. 살리네라스의 마라스 마을은 해발 3,000m에 위치한 산비탈 염전이다. 붉은 진흙밭처럼 보이는 염전은 헝겊을 이어 만든 조각보를 펼쳐놓은 것 같았다. 철분, 칼슘, 마그네슘을 함유해서 염전이 붉게 보인다고 한다. 이곳 사람들은 지형에 순응하며 바둑판만 하게 일구고 일구어 가장 낮은 곳에서부터 산꼭대기까지 염전을 넓혀가지 않았을까. 칸칸이 나누어진 붉은 염전이 아름다운 풍경이 되었지만 다랭이논 농사처럼 힘든 건 아닐지 아릿한 마음이 들었다.

삭사이와망으로 왔다. 언덕을 한참 오르니, 한가로운 공원에 바위 무더기가 나타났다. 쿠스코 북쪽, 거대한 석벽의 잉카제국 요새 터다. 원래 4~5층의 원형 탑이었으나, 지금은 2층까지만 남아 있다. 석벽 모퉁이의 큰 바위는 모든 무게를 지탱하고 균형을 잡는다. 바위의 각진 부분이 유연하게 둥글려져 있다. 세월의 풍파가 모든 걸 둥글둥글 품어 주는 것 같았다. 그 석벽 사이에 끼인 자그마한 삼각돌 하나가 눈에 띈다. 어른들 틈에 있는 어린아이처럼 귀엽다. 성벽 옆 풀밭에 알파카들이 풀을 뜯으며, 사람들이 다가가도 동요가 없다. 요새 터에서 내려다보이는 마을과 먼 산에 걸린 구름과 푸른 들에서 노니는 알파카의 풍경이 한데 어우러져, 옛 역사의 아픔도 뒤로한 채 고요하고 평화로운 풍경을 만든다.

가까이에 크리스토 블란코 전망대의 예수상이 붉은 쿠스코 시내를 내려다보고 있었다. 그날 저녁 식사인 김치찌개와 밥이 더없이 행복하게 했다. 페루의 자연은 산과 함께 펼쳐지고, 어느 쪽 어느 산이든 그 산허리에는 어김없이 구름이 터를 잡고 있다. 서로 감고 풀며 자유로이 넘나드는 구름이 아름다운 색을 입는다. 원색의 조화와 손끝의 섬세함이 빚은 문명에 잉카인의 숨결이 스며 있었다. 다음 여행지 볼리비아도 그 영토였으니 그곳에서 잉카를 더 진하게 느껴보리라. 잘 알려지지 않은 나라, 그래서 더 궁금한 볼리비아는 어떤 모습일지 설렌다.

볼리비아

볼리비아 라파즈 '엘알토' 공항에 도착했다. 입국을 위해 황열병 예방접종하고, 볼리비아 대사관에서 사전 비자 받고, 고산병 약 처방을 받는 등 복잡한 준비 과정을 거쳤다. 고도 3,689m로 세계에서 가장 높은 수도로, 도시 내에서도 높은 고도차가 난다고 한다. 라파즈 시내를 케이블카로 이동한다고 하여 관광용인가 했더니, 웬걸 이게 대중교통수단이란다. 신선한 충격이었다. 지구촌 어디에 살든 사람들은 환경에 맞춰 살아가기 마련인 것 같다. 케이블카 이동 중 보이는 도시의 맨 위는 벽돌집, 중간은 식민지풍의 저택, 맨 아래는 고층 빌딩이다. 고지대일수록 빈민층이라 한다. 케이블카로 하강하며 보니 그냥 숨쉬기도 힘든데 축구하는 사람들이 있어 대단해 보였다.

Rosario Hotel 직원들이 전통 복장과 삐에로 복장으로 노래와 춤을 추며, 우리를 환영해 주었다. 마침 볼리비아의 축제 기간이었다. 호텔 내 인디오만의 화풍이 담긴 그림과 조각품들이 그들만의 독특한 문화를 느끼게 했다. 여기가
고산지대임을 증명하듯 커피,
사탕 등의 비닐봉지들이 터질
듯 빵빵해졌다. 고도가 높다
는 게 실감이 났다. 한국에서
준비해 온 고산병 약보다 현
지 약이 더 효과가 좋다고 하
여 구입했다. 동행인들의 고
산병 증상이 심하게 나타나기 시작했다. 호텔로 의사를 부르기도 하
고, 병원으로 직접 가기도 하고, 정녕 힘든 이는 다음 여행지인 칠레
로 미리 가고, 어떤 이는 사업상 급한 일이 생겨 귀국했다. 여행을 이
변 없이 잘 마무리하는 것도 축복인 것 같다.

 달의 계곡에 갔다. 최초의 우주인 암스트롱이 달 표면 같다고 하여
붙여진 이름이란다. 모래와 흙이 오랜 풍화작용으로 갖가지 형태를
이루어 영상으로 보아왔던 우주 같은 느낌이 든다.

가까운 '마녀시장'은 기상천외한 물건들이 많은 별천지다. 약초, 부적, 라마 말린 것 등 전통 제례 용품과 주술 용품이 주렁주렁 걸려 있다. 좁은 시장길에 동물 인형, 라마털로 만든 형형색색의 물건들이 예쁘다. 마녀시장과 연결되는 큰 거리에 거품 축제가 열리고 있었다. 사순절이 되기 전 즐기는 축제라고 한다. 우의를 입고 물총을 쏘고 물풍선을 던지고, 거품 스프레이를 쏘아대는데 외국인에게는 삼가는 듯했다. 축제는 언제 어디서나 즐겁다. 나도 슬며시 흥이 올라 어깨를 들썩였다.

중앙광장인 뮤리오 광장은 볼리비아의 행정, 종교 관련 시설들이 모여 있으며 시민들의 휴식 공간이기도 하다. 국회 의사당 건물 앞에 숫자판이 거꾸로 된 둥근 시계가 있다. 여기 남반구 국가에서 만든 남반구 시계라고 한다. 시계도 그 나라가 지구의 어디에 위치해 있느냐에 따라 달라진다는 것을 처음 알았다. 시계를 거꾸로 보려니 낯설지만 그들의 정체성 찾기에 마음을 얹어 보았다. 개와 늑대의 시간이라는 어스름 저녁 무렵, 라파즈 시내 야경을 보기 위해 킬리 전망대

올랐다. 작은 별들이 빼곡히 박힌 듯한 하얀 불빛의 수수함이 좋았
다. 고층빌딩의 화려한 조명이 아니어서 더 아름답다. 하늘의 별은
보이지 않는다. 별이 나오기에는 아직 수줍은 시간인가. 별이 나오는
날은 발아래의 별들과 가장 가까이 조우하겠지. 시내 멀리 설산에 구
름이 피어오른다. 라파즈가 '평화'라는 뜻이라더니 역시 평화의 도
시답게 아름다운 야경에 마음의 평화를 덤으로 얻는다.

티티카카호수 어촌에 갔다. 해발 4,000m에 위치한 세계에서 가장
높은 호수다. 갈대를 다루는 호수 사람들의 솜씨가 예사롭지 않다.
갈대를 엮어 입 벌린 큰 물고기 형상으로 치장한 배에 올랐다. 물과
푸른 하늘과 구름이 만나는 호수를 일주하고, 호수에서 잡은 송어구
이로 점심 식사를 했다. 자그마한 배에서 그물을 던지는 아주머니와
소년의 모습이 다정하고 평화로운 한 폭의 그림이다. 하지만 저 작은
배에 한 가정의 먹고사는 문제가 달려 있다고 생각하니 한편으론 짠
하기도 했다.

　라파즈에서 보아 항공으로 1시간 비행, 우유니로 향했다. 도중에 기차 무덤에 들렀다. 광산에서 나는 은과 우유니 소금을 스페인으로 실어 나르던 기차가 은이 고갈되니 폐기차가 되었다가 관광 상품으로 다시 태어났다. 관광객들은 기차 위에 오르기만 하면 마법에 걸리나 보다. 너나없이 동심으로 돌아가 장난기가 발동하고 환호성을 지른다. 역동적인 사람들의 기운이 사막에 버려진 기차와 철로에 생명력을 불어넣고 있었다.

　콜차니 소금 생산지다. 소금이 층을 이룬 넓은 판을 사각형으로 자른 것이 마치 우리의 시루떡 같다. 잉카 문양의 길쭉한 헝겊 주머니에 소금을 담아 놓았지만, 작은 것이라도 사기엔 무게가 문제다. 드디어 기대하던 우유니 소금사막이다. 해발 3,660m 고지에 크기는 우리나라 강원도만 하고, 인구가 만 명 정도인 작은 마을이다. 지각변동으로 솟아올랐던 바다가 산악 주변의 분지형 지역에 갇혀 호수가 되고, 그 호숫물이 모두 증발하며 세상에서 가장 평평한 소금사막이 되었다고 한다. 건기에는 새하얀 소금밭이, 우기에는 소금 위에 빗물이 잠겨 만물을 반사시키는 거울이 되는 신비스러운 곳. 하늘과 땅의 경계가 없어지고, 푸른 하늘과 하얀 구름, 노을빛이 데칼코마니가 되어 그 신비함은 두 배가 되었다. 무엇으로든 이 감성을 온전하게 담아내지 못할 환상적인 풍경이다. 소금사막 벌판에서 어떻게 식사를 하나 걱정했는데, 현지 가이드들이 랜드크루저 차를 이용하여 천막을 치고 음식을 차렸다. 다 현실에 적응하여 살아가는 방법을 터득하게 되나 보다.

뽈라야 블랑카 만국기 광장으로 갔다. 세계 각국의 국기가 펄럭이고 있다. 출국 전, 태극기를 사서 준비해 왔다. 일행들과 같이 태극기한 장에 각자 서명하여 깃대에 묶어 달았다. 바람에 쫙 펴져 나부끼는 태극기를 보니 가슴이 벅차오른다. 우리나라 태극기가 이미 몇 개 달려 있어서 더 기분이 좋았다. 다른 한국 팀이 왔다. 그들도 달았다며 나부끼고 있는 태극기를 가리킨다. 사소한 일이지만 동포애인가 눈물 나게 반가웠다.

　소금사막에서 다양한 포즈로 사진 찍기는 여행의 백미다. 라파즈 공항에서 올 때, 비행대기 중에 사진 포즈를 연구하고, 연습하며 기대에 가득 찼었다. 그러나 우유니 사람들만의 사진 노하우가 있었다. 현지 가이드들의 안내대로 하니 상상하지 못했던 재미있고 예쁜 단체 사진이 나왔다. 개별 또는 팀별로 포즈를 취해주고, 사진을 찍어주었다. 그들의 서비스란다.

찰박거리는 소금물 위를 걷기 위해 장화를 줬다. 이 장화마저도 여기 풍경과 잘 어우러진 사진 컨셉이 되었다. 울긋불긋 화려한 노을에 온 세상이 묻힐 즈음, 저녁 식사와 와인과 칵테일 한잔의 파티가 열렸다. 칵테일은 볼리비아 국기 색대로 빨강, 노랑, 초록 순으로 층을 이룬 색깔들이 투명한 유리잔 안에서 황홀하게 어우러졌다. 볼리비아 관광의 센스다. 자기네 국기를 이렇게 각인시키다니. 빨간색은 나라를 위해 희생한 용사들, 노란색은 광물자원들, 초록은 풍요로움을 의미한다니 기억해 주련다. 세상의 모든 것들이 현재 이 자리에서 빛나게 해준 볼리비아를 위하여. 소금 호텔이 정말 소금으로만 지어졌을까. 기둥과 바닥에 깔린 소금 맛을 보니 실감 나게 짜다. 호텔 내 조각품들도 소금이다. 지내기는 좀 불편하나 이 정도야 사막에서 호강이다.

다음 날, 현지 민박을 하면서 약국을 찾게 되었다. 코로나가 한창 기승을 부리는 때라 여행 중에도 한국의 코로나19 상황에 대해 촉각을 세우고 있었다. 한국에 마스크가 품절되어 사 오라는 연락을 받았다는 이야기가 동행자들 사이에 퍼졌다. 마을의 약국을 검색하여 마스크를 사러 갔다. 나도 한 상자를 샀다. 얼기설기 누에 집짓기 시작한 얼개같이 얇아서 코로나 방어가 되겠나 싶었다. 그 마스크는 결국 찬바람 막아주는 용도로 썼다.

이제부터는 우유니 사막에서 안데스산맥을 따라 칠레 국경으로 넘어 가는 여정이다. 랜드크루저로 해발 4,000미터의 광활한 알티플라노고원으로 출발했다. 지구에서 가장 메마른 사막이란다. 사막이 마르기는 똑같은 것 아닌가. 그만큼 녹지대가 없다는 뜻인가. 많이 춥다 하여 방한을 단단히 했다. 알티플라노고원을 질주하며 마주하는 장엄한 일출이라니. 락(Rock)이지만 비애로 벅차오르는 김경호 노래를 스피커의 최대 출력으로 들으며, 길이 닦여지지 않은 이 사막을 직접 운전하여 달려보고 싶었다. 사막은 막막하고 거칠기만 한 것이 아니었다. 정감 있고 스릴 있는 길이었다. 가는 도중 만나는 마을과 풍경들이 현실이라는 게 믿기지 않았다. 그것을 직접 보고 느낄 수 있다니…

비냐마르까지 가는 동안 사막 가운데로 난 도로 옆에는 작물들이 심어져 있었다. 마을이 있는 지역인지 드문드문 푸르름이 있었다. 한적하고 아기자기한 산크리스토발 마을이 나타났다. 산크리스토발 마을과 쿨피나 마을은 축제 중이다. 우리의 단소 같은 악기와 북을 연주하며 흥겨운 행진을 한다. 행렬의 뒤는 민속의상에 종이테이프, 곡식 줄기를 등에 업은 아주머니가 따른다. 그 주위를 양쪽 귀와 등에 붉은 털실을 묶어 예쁘게 꾸민 알파카가 유유히 노닌다. 쿨피나 마을에서 점심 식사를 했다. 음식점 앞 제단 같은 곳에 수수, 옥수수, 조 등의 곡식을 줄기째 묶어 십자가 형상으로 만들어 놓고 그 앞에 추수한 곡식들을 놓았다. 그들의 토속신앙인 듯하다.

어렸을 때 보았던 서낭당이 생각났다. 멀지 않은 곳에서 음악과 사람들의 소리가 왁자지껄하다. 젊은이들이 기타를 치고 마을 사람들은 댄스 한마당 중이다. 우리가 가니 환영한다며 종이 목걸이를 걸어주었다. 초등학교 때 만들었던 것처럼 길쭉한 색종이를 동그랗게 이어 붙인 것이다. 목걸이가 환영과 행운을 뜻한다고 한다. 우리도 축제에 같이 어우러졌다. 음식을 극구 권하는 것이 우리네 인심 같아 정겹다. 목걸이를 축제장에 놓고 왔더니, 가져가지 않으면 현지인들이 섭섭하게 생각한단다. 부리나케 다시 가서 가져왔다. 그들의 마음을 받아주고 싶었다.

알티플라노고원을 달려 아나콘다 캐년에 도착했다. 협곡을 지나 올라선 산등성이 앞에 산의 능선들이 하늘과 닿아 있다. 기암괴석들의 향연이 새파란 하늘과 어우러져 눈이 시리다. 땅도 바위도 붉은 색인 우주 행성에 와 있는 것 같았다. 먼지같이 푸석한 흙에서부터 큰 바위까지 크기도 모양도 제 멋대로인 것들이 여백을 두고 서 있는 모습이 여유로워 보여 더 멋지다. 고도를 재보니 4,084m다.

　사막을 지나가는 중에 다양한 호수와 개울들을 만났다. 호수에 사는 식물에 따라 호수 색이 검게, 붉게 변한다고 한다. 호수 가까이에 민가가 있어 닭과 개를 기르는 것을 보니 고향에 온 듯 푸근하다.

　이른 아침, 서둘러 라구나 콜로라다에 도착했다. 홍학 떼를 많이 볼 수 있는 호수다. 날씨가 추워 옷을 자꾸 여미게 된다. 인기척이 나면 홍학이 날아가 버릴까 봐 질척이는 호숫가를 묵언수행 하듯 살금살금 걸었다. 붉은 듯 하얀 점들로 보이는 홍학 떼들이 멀리 호숫가를 메우고 있는 모습이 장관이다. 저 무리가 홍학이라고! 아무리 조심하여도 인기척을 듣고 날아가는 무리가 있다. 이 또한 멋진 풍경이다. 언덕에 호수를 조망하기 위해 지어 놓은 듯한 아담한 집이 전체 풍경에 포인트 하나를 더해 준다.

용암지대 쏠데 마냐나(아침의 태양)에 왔다. 해발 5,000m로 지금까지 중에 최고 고지대다. 용암과 간헐천이 풀썩풀썩~ 죽 끓듯 끓고 하얀 수증기가 폭발하듯 솟구쳐 푸른 하늘로 피어오른다. 약 36도의 천연온천에 몸을 담그니 그동안 쌓인 여행의 고단함이 노곤하게 녹아들었다. 칠레 국경 초소로 가는 길, 비켜 가는 산들이 아름답다. 랜드크루저의 흔들림에 몸을 맡긴다. 달려도 제자리인 것 같은 먼 길을 같이 달려주는 산들의 형태와 색깔이 오묘하다. 나도 모르게 사막의 매력에 자꾸 매료된다.

볼리비아와 칠레의 국경 초소가 있는 이또 까혼에 도착하였다. 육로를 통해 더구나 사막에서 국경을 넘는 새로운 경험에 긴장과 설렘이 교차했다.

칠레 & 파타고니아

칠레 국경에서 15인승 차량으로 이동했다. 칠레 국경을 넘어서자 잘 정비된 도로와 주변 풍경이 들어온다. 뒤로 멀어져가는 볼리비아가 왠지 사랑하는 이를 두고 떠나온 듯 아쉬워 자꾸 뒤돌아보게 된다. 거친 사막을 질주하다 부드러운 길을 달리니 평온한 게 스르르 잠이 온다. 단잠을 잤다. 지도를 보고 남북으로 긴 해안 방위를 어떻게 하나 내심 궁금했던 나라다. 남북으로 길이 4,300km, 폭 180km인 나라, 칠레에 왔다.

깔라마에서 비행하여 산티아고로 향했다. 공항에서 버스로 산티아고의 점심 식사 장소에 도착했다. 버스 짐칸에서 모두들 캐리어를 꺼내는 중에 비명소리가 들렸다. 소란스러운 가운데 소매치기를 당한 것이다. 결국 찾지는 못하고, 소지품 보관에 대한 경각심을 갖게 되었다. 볼리비아에서 고산병으로 미리 와 있던 일행을 만났다. 모네다

궁전과 시내 주변을 돌아보고 산타루시아 언덕에 올랐다. 올라가는 산책길이 시원하고 아름다운 길로 완만할 줄 알았는데, 정상 막바지 경사가 꽤 가파르다. 정상에 오르니 산티아고 시내 전경이 시원스레 한눈에 들어왔다. 바위 위의 노동자상과 작은 성당, 성직자 상과 성곽 등이 고풍스러운 정원 같았다.

발파라이소의 '라 세바스티아나'로 갔다. 칠레의 민중 시인이자 사회주의 정치가 네루다의 집이다. 기념관을 돌아보며 그동안 몰랐던 칠레의 시인에 대해 알게 되어 뿌듯했다. 집 앞에서 내려다보이는 해안의 절경은 그의 명성과 걸맞으리라. 이곳의 낮은 지대는 도시고 높은 산동네는 벽화마을이다. 벽화마을은 미로 같은 언덕길의 건물들 벽에 그림이 그려져 있다. 그림을 감상하며 오르락내리락하다 보니 가이드가 없으면 길을 잃을 것 같았다. 건물이나 지형을 그대로 도화지 삼아 그린 그림들이 하나같이 개성 있고 인상적이다. 때로는 장난인가 싶은 것도 있지만, 그림이 된 나름의 이유가 있을 것이다. 그림 중 가장 정이 간 것은 건물 코너 양옆을 가득 채운 할머니 모습이다. 화려하나 절제 있고 푸근해 보이는 느낌이다.

이 마을에서 그림을 그리려면 허가를 받아야 한다고 한다. 골목길에서 담소를 나누고 있는 젊은이들의 사랑스러운 모습마저 한 폭의 그림이다. 벽화마을에서 발파라이소 항구가 바라보인다. 발파라이소항 시내로 내려오니, 소토마요르 광장 회전교차로 가운데 '이끼께 전투' 영웅 기념탑이 있다.

비냐델마르는 산티아고 근교의 아름다운 해안가 마을로 칠레의 대표적인 휴양도시다. 이곳 폰크박물관에 이스터섬에서 가져온 모아이 상 하나가 전시되어 있다. 이스터섬에는 600개 이상 존재한다고 한다. 관광객들이 모아이 상 앞에서 사진을 찍으려고 줄을 선다. 비냐델마르의 교차로 언덕의 잔디에 화사한 꽃시계가 수놓아져 있다. 가까운 거리의 칼레타 아바르카 해변을 걸으며 도시와 바다를 동시에 만끽한다. 멋진 레스토랑의 해물 모듬요리로 산티아고 일정의 마지막 단추를 채웠다.

산티아고를 출발하여 3시간여 비행 끝에 푼타아레나스 공항에 도착했다. 시골 버스터미널 같은 공항을 나와 전용 차량까지 짧은 거리를 이동하는데도 거센 바람에 옷을 여미고 모자를 잡아야 했다. 누런 들과 산에서 불어오는 바람이 산티아고 지역임을 상기 시켜주었다. 파타고니아에 들어섰다는 사실만으로도 가슴 벅찼다. 파타고니아는 남아메리카 대륙의 남위 38도선 이남 지역으로 파타곤인들의 땅이라는 이름에서 유래한다. 서쪽은 칠레 파타고니아로 대표 도시는 푸에르토 나탈레스, 동쪽은 아르헨티나 파타고니아로 대표 도시는 칼라파테다. 파타고니아 여행은 칠레와 아르헨티나 국경을 넘나든다. 기후가 험하고, 교통이 매우 불편하여 문명 지역과 멀리 떨어진 덕분에 독특한 자연환경이 잘 보존되어 있다.

한창 남미 여행 준비에 빠져 있을 때다. 모임이 있어 식당에 갔는데 어느 청년이 등에 'PATAGONIA'라고 쓰인 티셔츠를 입고 있었다. '아, 저 청년이 파타고니아에 다녀왔구나.' 가슴이 두근거렸다. 어느 정도 식사가 진행되고 나면 파타고니아에 대해 물어보려 했다. 그러나 어쩌다 보니 그 청년이 가고 없었다. 식사와 대화에 빠지다 놓쳐서 아쉬워했는데, 알고 보니 '파타고니아'라는 아웃도어 의류 브랜드가 있었다. 오히려 안 물어본 것이 다행이었다.

푸에르토 나탈레스에 도착했다. 해안가 항구마을이다. 국립공원 토레스 델 파이네를 가기 위해 세계인이 모여드는 출발지다. 숙소에 짐 정리를 하고 밖으로 나왔다. 석양의 붉은 노을이 마을의 먼 산을 불태우는 듯했다. 우유니의 노을은 노란빛이 많았는데 여기는 붉다. 붉은 노을에 현혹되어 걸을 수밖에 없다. 가까운 해안가 공원으로 나가니 거친 바람이 덤벼들었다. 수시로 변하는 하늘과 바람에 몸을 맡기듯 비상하는 남녀 조각상에서 생동감이 넘쳐흐른다. 저녁 식사를 하러 식당에 갔다. 실내 인테리어에서 남미 인디오들의 이야기가 들리는 것 같았다. 자신들의 뿌리에 대한 자부심으로 여겨졌다. Austral 맥주 한 잔과 함께한 저녁 식사는 자연을 오롯이 받아들이는 느낌이었다.

푸에르토 나탈레스의 아침 햇살이 어제의 노을만큼이나 찬란하다. 이른 아침 출발하여 2시간여를 달려 토레스 델파이네 국립공원에 왔다. 토레스 델 파이네라는 이름은 '세 개의 바위산' 이라는 의미라고 한다. 이 국립공원으로 입장하는 다리를 건너는 인원이 6명으로 제한되어 양쪽에서 교대로 오간다. 국립공원 안으로 깊숙이 갈수록 물 결치는 소리가 가까이 들렸다. 회색 봉우리에 검은 사각뿔을 올려놓은 듯한 형상의 세 봉우리를 위시하여 웅장한 산들로 둘러쳐져 있다. 산 아래는 빙하가 녹은 호수가 바람에 출렁인다.

이곳은 세계 10대 절경에 속하는 명소로 산, 호수, 폭포, 빙하 등 모든 자연을 한 곳에서 만나볼 수 있는 곳이라더니, 정말 장엄한 풍광이다. 하루에도 사계절이 공존한다는 토레스 델 파이네. 잠시 있는 동안에도 구름, 햇빛, 비, 하늘색과 바람의 강도가 수시로 변한다. 호수 가운데를 저 끝까지 구불구불 양쪽으로 나뉘어 놓은 긴 모래톱을 걷고 또 걸었다. 호랑이 포효 소리를 내며 달리는 바람을 안고 걸으니 몸이 뒤로 밀린다. 쉬어서 바람을 다독인 후 다시 걷기를 반복한다. 호수의 파도가 바닷가 모래밭인 양 밀려와 철썩거리며 무슨 말을 일러주고 갔지만 내 깜냥으론 알아들을 수 없었다.

이 위대한 자연의 감동을 어찌 글과 사진으로 표현해 낼 수 있을까. 어느 때라면, 이 공원을 배경으로 한 레스토랑에서 분위기와 함께 식사를 즐겼겠지만, 식사보다 눈과 카메라에 풍경 담기를 더 열중했던 곳이다. 카메라 렌즈가 어디를 향해도 셔터를 누르게 되는, 자연에 매혹되는 이 느낌까지 카메라가 담아주었으면 좋겠다.

토레스 델 파이네에서 칼라파테로 이동했다. 칠레 파타고니아 지역에서 아르헨티나 파타고니아로 국경을 넘은 것이다. 칠레 국경관리소 매점에서 patagonia라고 쓰인 빨간색 티셔츠를 샀다. 이것 하나 사고 나니 칠레 파타고니아를 다 얻은 기분이다. 'Alto Calafte' 호텔에 여장을 풀었다. 아르헨티나 파타고니아를 돌아보는 3일간 계속 이 호텔에 머문다. 매일 짐을 풀고 싸고 하다가 풀어놓으니 이 자유로움이 또한 작은 행복을 준다.

칼라파테라는 말은 관목 가시나무 이름이다. 블루베리와 비슷한 열매를 맺는 나무다. 이 열매는 쨈, 주스, 비누 등을 만드는 좋은 재료가 되지만, 가시 때문에 채취가 어렵다고 한다. 이 열매로 만든 음식을 먹으면 다시 이곳으로 돌아온다고 한다. 칼라파테는 연간 강수량 200ml의 척박하고 메마른 땅에 바람도 거칠다. 칼라파테 호텔 주변의 청량한 해 질 녘 바람을 안고 산책했다. 호텔 앞 보라색 허브 꽃밭과 멀리 아르헨티노 호수가 한데 어울려 다가온다. 시내로 나가 이곳의 맛집을 찾아 해물 파스타로 식사를 하고 돌아오니 9시다. 그래도 밖은 여전히 밝다. 백야라고 했다.

칼라파테에서 아르헨티나 RUTA 40을 타고 엘 찰튼으로 간다. RUTA 40번 길은 아르헨티나 남북을 관통하는 국도로 길이가 무려 5,244km다. 체 게바라가 모터싸이클로 여행했다는 이야기가 큰 의미로 다가오는 길, 풍광이 아름다운 드라이브 길로 아르헨티나의 자부심이 대단한 길이라고 한다. 아르헨티나 라 레오나 휴게소에서 쉬었다. 세계의 수도 이정표가 있었다. 서울이 17,931km라는 표지판을 보니 반갑다. 매점에서 patagonia RUTA 40이라고 쓰여진 컵이 있어 기념품으로 샀다. (지금도 이 컵을 보면 흐뭇하다.)

다시 작고 누런 식물들이 펼쳐진 광활한 파타고니아 벌판을 달린다. 차창 밖 언덕에 과나커 무리가 나타났다. 모두들 환호성을 지른다. 과나커는 수컷끼리 싸워 패배자는 홀로 배회하고, 승자 수컷이 똥을 싸면 암컷들이 그 위에 똥을 싸고 또 싸고, 끝에 수컷이 싸서 똥 무덤을 만든다고 한다. 승자 수컷의 암컷에 대한 영역표시라고. 매 순간 바뀌는 풍경들이 아쉬워 카메라를 자꾸 달리는 차 창에 들이댄다. 이동 중 풍경이 예쁜 곳에서 쉬었다. 버스에서 내려 잠시 휴식 겸 사진 촬영을 하는데도 세찬 바람에 몸을 가누기 힘들다. 이동하는 사이 어느덧 피츠로이가 멀리 보였다.

피츠로이 트레킹은 엘찰튼의 로스글라시아레스 국립공원에서 시작되었다. 피츠로이 꼭대기에 항상 구름이 걸려 있는 것을 보고 원주민은 '담배 피우는 산' 또는 '연기 나는 산'이라 했다고 한다.

피츠로이에 오르는 길에 가이드가 '시어머니 베개'라는 풀을 알려주었다. 보기에는 푹신푹신 부드러울 것 같으나 만져보니 따갑다. 고부간의 관계란 어디나 미묘한가 보다. 푸른 카프리 호수와 그 너머, 피츠로이가 모습을 드러낸다. 정말 연신 줄담배를 피우고 있다. 피츠로이의 삼각형 꼭대기에 하얀 구름이 흩어졌다 모이기를 반복한다. 무슨 미련인지 떠나지를 못하고 살아 움직이는 연기 같은 구름이 계속 감싸고 있다. 피츠로이가 일출에 물드는 모습이 그리 아름답다는데, 내 생애에 볼 수 있겠는가. 카프리 호수에 손을 담갔다. 피츠로이의 만년설이 녹아

내린 물이 시원하다. 호숫가에 놓여 있는 통나무에 앉아, 피츠로이 모든 것을 품어 비춰주는 호수를 눈과 마음에 담는다. 점심으로 먹는 김밥과 컵라면이 유달리 맛있다.

페리토 모레노 빙하를 감상하기 위해, 크루즈 유람선을 타고 빙하에 접근한다. 빙하의 길이 35km, 폭 6km, 높이 65m로 세계에서 세 번째로 크다. 겨울철에 빙하가 생성되어 여름철에 하루 2m씩 밀려나고 소멸하고, 자라기를 반복한다. 빙하가 전진하다 앞의 땅에 막혀 호수 수면으로 차오르다 물과 부딪쳐 구멍이 생기고 무너진다. 빙하가 무너지는 장면을 보려고 학수고대하다 떨어지는 순간을 포착해도 아! 탄성, 그 순간을 놓치면 아쉬워서 탄성, 여기저기 감탄사가 터져나온다.

거대한 빙하 조각이 무너지는 굉음은 천둥소리 같다. 물 위의 유빙들과 빙하의 물은 아르헨티노 호수로 흘러든다. 바위와 빙하의 마찰로 생긴 빙하 가루들도 둥둥 떠다닌다. 페리토 모레노 빙하를 배경으로 아렌티노 호수에서 카약을 타고 있는 저 사람들은 신선인가. 한 폭의 그림이다.

　바람이 멈추지 않는 땅, 피티고니아! 한번 발을 들이게 되면 평생 그리워하게 된다고 한다. 예외 없이 나도 정녕 그리될 것 같은 예감이다. 벌써 그리운 곳 파타고니아!

　남미 여행 포토북을 만들며 파타고니아 포토북만 세 번이나 수정하여 재발행했다. 그만큼 간직하고 싶은 이야기들이 많은 애정의 여행지였다.

아르헨티나

    내일은 우수아이아로 국내선 항공 이동이다. 칼라파테를 출발하여 비행 1시간 20분 만에 우수아이아에 도착했다. 아르헨티나 최남단으로 남아메리카 땅끝마을이다. 날씨는 최고 13도 최저 5도로 칼라파테보다 더 춥다고 한다.

    우수아이아라는 이름이 여리여리 예쁘너니 마을도 역시 예쁘다. 먼 설산을 배경으로 푸른 하늘과 바다에 띄워져 있는 색색의 요트가

마을의 풍경을 더 예쁘게 그리고 있었다.
자동차 보닛 위에서 우리를 바라보는 갈매
기의 부리가 유난히 붉다. 소박하고 사랑스
러운 모습의 항구도시다. 지나던 길 건물벽
에 똥 그림이 사랑스럽게 그려져 있다. 수
원 화장실 문화관 '해우재'에 캐리커쳐 자
료로 제공해도 좋겠다는 생각이 들었다. 이
곳의 특산물인 킹크랩은 꼭 먹어봐야 한다
기에 El Viejo Marino라는 맛집에 갔다. 신선하고 탄탄한 맛이 감동
이다. 1시간 대기한 보람이 있었다.

 티에라 델 푸에고, 세상 땅끝 국립공원 기차 투어다. 기차역 안에는
BAR, 기념품 가게 등이 있고, 천정에 만국기를 달아 세계 각국의 관
광객을 환영한다. 기차에 딥승하려니 익살스런 퍼포먼스를 하는 사
람이 여행자들의 분위기를 띄운다. 땅끝까지 온 기념으로 역무원들
과 기념사진을 찍었다. 청정지역에만 자란다는 할아버지 수염과 기
생식물(겨우살이) 그리고 나무 무덤들이 기차와 같이 흘러간다. Fin
Del Mundo, 세상의 땅끝 우체국이다. 엽서를 빨간 우체통에 넣으면
한 달 정도 후에 받아볼 수 있단다. 자녀에게 또는 자신에게 글을 써
보내는 이들의 모습이 사뭇 진지하다. 비글해협을 유람선으로 투어
한다. 펭귄, 바다사자, 가마우치들이 어우러진 행복한 동행이다. 세
상 끝, 땅끝 우체국, 땅끝 빨간 등대, '끝'이라는 글자가 주는 아련함
이 생각을 모으게 한다.

부에노스아이레스로 출발했다. 남미의 파리라 불리는 항구도시다.
호텔에 도착하여 내부 구경을 나섰다. 갤러리의 한 그림 앞에서 발을
멈췄다. 엄마 원숭이가 아기를 안고, 서로 교환하는 눈빛에 얼마나
깊은 사랑과 많은 이야기가 들어 있는지 순간 숨을 멎게 한다. 저녁
에 탱고 연습과 탱고 디너쇼가 있다. 탱고
연습! 복장을 어찌해야 하나 난감하다. 신
경 쓸 필요 없는데 혼자 과도하게 긴 드레
스 스타일의 옷을 입었다가 민망했다. 탱
고 무용수 한 쌍이 시범을 보인다. 음악과
몸의 선이 황홀하다. 동행자들과 파트너
가 되어 탱고 리듬에 맞춰 기본동작을 배
웠다. 디너쇼에서 탱고 본고장의 진수를
맛보았다.

　　다음 날 시내 투어를 나갔다. 거리의 다양한 인종과 우리와 다른

체형의 자유분방한 볼륨감이 멋져 보여 자꾸 눈길이 간다. 엘 아테네오 서점은 오페라극장을 개조한 것으로 세상에서 가장 아름다운 서점이라고 한다. 서점이라기보다 중세의 미술관에 온 듯하다. 성화와 인테리어의 아름다움에 빠져든다. 본래 무대였다는 카페에서 객석을 바라보니 책들은 이 공간을 꾸미는 예술품이다.

5월의 마요 광장은 부에노스아이레스의 중심부로 여러 행정관서와 성당 등이 있다. 시민들이 휴식을 취하기도 하는 역사적 정치적으로 유서 깊은 곳이다. 대통령궁 앞 '마누엘 벨그라노' 장군의 동상과 그가 만들었다는 아르헨티나 대형 국기가 펄럭인다. 얼마 전 서울시에서 광화문에 대형 태극기를 세우는 계획을 한다는 기사에, 이곳 대통령궁 앞에서 펄럭이던 아르헨티나 국기의 위엄이 생각났다. 5월의 광장 바닥에 '5월 광장 어머니회'가 둘렀다는 하얀 숄이 그려져 있어 역사적인 격동의 시기에 자식을 향한 어머니들의 마음이 전해져 왔다.

5월의 광장에서 걸어, 부에노스아이레스의 대표적인 상징이라는 오벨리스크가 있는 곳으로 갔다. 뾰족하고 심플한 하얀 거탑이 눈에 들어온다. 세계에서 가장 폭이 넓다는 도로의 분기점에 있는 높이 67.5m의 석탑이다. 석탑은 낮에는 하얗게, 밤에는 보라색으로 변한다. 중요 행사나 축제의 장소가 되고 있다. 부에노스아이레스를 돌아보느라 지친 심신을, 한식당 Mr, HO에서 달랬다. 한국에서보다 더 맛있는 걸 보면, 서서히 '집밥'이 그리워질 때가 됐나 보다.

　부에노스아이레스를 출발하여 브라질로 가는 기내다. 아래의 풍경이 밀림과 강으로 끝이 없는 이과수강이다. 상공에서 이과수강 전체를 조망하게 되다니 감격이다. 사진으로만 보던 악마의 목구멍도 조그맣게 보인다. 이과수 폭포는 아르헨티나와 브라질의 국경지대에 있는 세계에서 가장 거대한 폭포로, 양국에서 국립공원과 유네스코 세계유산으로 지정되었다. 총 275개의 폭포가 모여 있으며, 비가 많이 오면 더 늘어난다고 한다.

　브라질 호텔 체크인 후 버스로 아르헨티나 국경을 넘어 푸에르토 이과수 폭포 '악마의 목구멍(La Garganta del Diablo)'으로 갔다. 폭포의 폭이 2,700m에 높이 80m로 세계에서 가장 높은 폭포다. 국립공원 입구에서 셔틀 기차를 타고 폭포가 있는 이과수강 앞까지 갔다. 이과수강을 가로지르는 데크 길을 1.2km 걷는다. 폭포의 명성만큼이나 강폭도 넓었다. 다행히 날씨가 청명하다. 맑은 날씨의 푸른 하늘이 그대로 강물에 비쳤다. 완만하게 흐르는 강물 속에서 물고기들을 보는 재미가 쏠쏠하다. 폭포 소리가 크게 들리는 것은 폭포 가까이 왔다는 신호다. 우레와 같은 굉음에 귀가 멍해지고, 폭포에서 피어난 물안개에 옷이 젖었다. 저 아래 깊은 곳에서 피어오르는 하얀 포말 위에 무지개가 떴다. 폭포를 계속 보고 있으니, 굉음과 함께 빨려드는 느낌에 정신이 혼미해졌다. 이 폭포를 '1분 동안 보면 근심이 사라지고, 10분 동안 보면 인생의 모든 시름이 사라지고, 30분을 보면 영혼을 빼앗긴다.' 라는 말이 있다. 아, 어찌 그리 잘 표현했을까. 설득력 있다. 그냥 10분 정도만 보아야겠다.

악마의 목구멍을 보고 돌아오는 중에 공원 관리자인 듯한 남자가 우리 일행 앞길을 막았다. 단체 이동하라는 뜻인가 하면서도 다른 외국인에게는 하지 않는 요구를 하다니 차별인가 하여 언짢아졌다. 알고 보니 여기로 오는 셔틀 기차를 탔을 때, 우리 일행 중 한 사람이 기침을 하여 우리 팀에 대한 코로나19 민원이 발생했다고 한다. 기차역으로 나와 얼기설기 엉성한 마스크를 착용하라고 주었다. 한동안 격리 대기 후 우리 팀 이송을 위한 임시 열차를 타고 버스 환승지에 도착, 또 대기했다가 국경에 대기시켜 두었던 우리 전용 버스로 환승했다. 다시 대기하는 시간은 길어지고, 한국 영사관 관계자가 나왔다. 기침을 한 동행자는 따로 조사를 받고 차내에서도 공간을 격리시키고 대화를 금지했다. 코로나19 감염이 아닌 다른 연유의 기침이었으나, 공공장소에서 기침한 대가가 혹독했다. 예기치 않은 경험이었다. 그것이 여행의 묘미 아니겠는가. 국경을 통과하여 아르헨티나와 아쉬운 이별 후 브라질로 향했다.

브라질

　아르헨티나에서 버스로 국경을 넘어, 브라질로 왔다. 마지막 여행 국가다. 포스두 이과수 전망대 길을 오르며 만나는 다양한 야생동물들도 흥미롭다. 시원하게 쏟아지는 물소리, 병풍처럼 넓게 펼쳐진 하얀 폭포, 물안개, 무지개 등이 함께 베풀어주는 향연이다. 같은 이과수강 폭포지만 아르헨티나 푸에르토 이과수가 웅장하고 장대하나면, 브라질 포스두 이과수는 아기자기하고 변화무쌍하다. 폭포도 사람처럼 어느 방향에서 보느냐에 따라 사뭇 다른 매력을 가졌다.

폭포의 낙차를 체험하기 위해 밀림 트럭을 탔다. 트럭은 관광객을 가득 태우고 밀림 사잇길을 달린다. 길섶의 식물들, 원숭이들 노는 모습이 신기하다. 선착장에서 지급된 방수팩과 구명조끼를 입고, 보트를 타고 폭포 밑으로 간다. 설레발로 요동치는 가슴도 감당하기 버거운데, 물세례까지 맞으니 정신이 아득해진다. 그래도 "한 번 더"를 외치는 것은 뭔지, 평소 조용한 사람도 수다스러워져 더 재미있다. 방수를 해도 어찌 쏟아지는 물을 피할 수 있으랴. 흠뻑 젖은 옷을 갈아입고 돌아 나왔다. 헬기투어를 했으나 큰 감동은 얻지 못했다. 아르헨티나에서 브라질로 오는 비행 중에 보았던 광경을 조금 더 가까이 보는 느낌이었다. 드디어 기대하던 리우데자네이루에 왔다.

숙소에서 가까운 코파카바나 해변의 풍경들을 카메라에 담으며 백사장을 걸었다. 여느 해변이나 익숙한 광경들이다 싶었는데, 위대해 보이는 남자가 눈에 띄었다. 대형 우산살 같은 것에 헝겊을 빡빡하게 매달아 어깨에 메고, 뭔지 모를 빵빵한 가방까지 들었다. 진기명기다. 저것이 무엇일까, 어떻게 저렇게 다닐 수 있나 궁금하여 가까이 가보니 수영복이다. 조그만 수영복들을 저리 많이 매다니 대형 수영복 가게 못지않다.

이 꿈같은 코파카바나 해변을 걷고 있다는 만족감에 젖어 계속 걸었다. 이제는 배도 고프고 해서 되돌아섰다. 그런데, 갈 때의 길이 아니고 낯설다. 숙소로 돌아갈 길을 염두에 두고 몇 블록 왔는지, 특정 건물이 무엇인지 보면서 왔는데, 가야 할 도로가 나오지 않는 것이다. '아차, 길을 잃었구나' 하는 생각이 스치자 머리가 하얘졌다. 갑자기 사람들이 무서워 보였다.

길 찾는다고 헤매다가는 더 꼬일 것 같아 음식점으로 들어갔다. 뭐라 말해야 하는데 말이 안 나왔다. 현지인일 것 같은 사람에게 호텔 명함을 내밀었다. 모른다고 되레 안타까워하는 사람들을 뒤로하고 나와, 정차해 있는 택시 문을 두드렸다. 기사가 유리문을 내렸다. 그제야 호텔 명함을 내밀며 한국에서 왔다, 여기로 가자라고 했다. 나를 훑어보더니 타라고 한다. 내 호텔로 가는 줄 알았더니, 다른 호텔로 들어가며 따라오란다. 엥, 이건 또 뭐지, 가슴이 두방망이질했다. 호텔에 있는 사람에게 내가 준 호텔 명함을 보이며 뭐라 이야기 하니, 지도를 보고 그림을 그려준다. 그 택시를 다시 타고 가는데 엄청 돌아가는 것 같다. 내가 호텔에서 걸어 나온 거리는 얼마 안 되는 것 같은데 이렇게 멀리 왔나, 나쁜 사람인가, 정말 오만가지 생각이 다 든다. 택시 기사가 가다가 왼쪽을 가리켰다. 내 호텔이 보였다. 그제야 움츠린 어깨가 스르르 내려갔다. 택시 요금이 얼마였는지 기억 없지만, 거스름돈은 안 받았다. 호텔 앞에 서니 잠시 잊고 있던 배고픔이 밀려왔다. 마트에서 요깃거리를 샀다.

다음날, 코르코바두산 정상에 있는 예수상을 보러 가는 길이다. 가는 도중 대형 기념품 매장에 들렀다 나오는데, 현지인인 듯한 남자가 "대~한민국 짜자~짝, 짝짝" 한다. 우리도 반갑게 호응했다. 이 리듬이 외국인은 어렵다는데 어쩜, 정확하다. 언덕을 오르니 예수상의 뒷모습이 보인다. 높이 30m, 팔 벌린 길이가 28m로 엄청난 스케일이 압도적이다. 머리를 힘껏 뒤로 젖혀야 예수상 전체를 볼 수 있다. 흐르는 구름에 예수상도 같이 흘러, 울렁울렁 움직이는 것 같아 아찔하다. 예수상 아래 모인 사람들은 거대한 예수상이 한 프레임에 들어오지 않으니 사진을 찍는 포즈들도 각양각색이다. 여기서 독사진 찍기란 거의 불가능하여 자신이 중심에 위치만 해도 성공이다. 다양한 인종이, 다양한 포즈로 함께 찍힌 사진이 나중에 보니 의외로 재미있다. 예수상 아래에서 보는 리우데자네이루의 풍경은, 이 항구가 왜 세계 3대 미항이라는 명성을 얻게 되었는지 여실히 증명해 주고 있었다. 환상, 그 자체다.

칠레 출신의 미술가 셀라론이 타일을 붙여 만들었다는 '셀라론의

계단'에 갔다. 1990년부터 215 계단을 2,000개의 다양한 타일로 꾸몄다. 나중에는 수많은 국가에서 타일을 기증했다는데, 그래서인지 각국의 타일이 다채로운 세계 문화를 엿보게 한다. 계단이 있는 마을의 벽화와도 조화를 이룬다.

메트로폴리탄 대성당에 들어서니 복잡했던 마음이 그냥 평온해진다. 1976년 문을 연 현대적인 건축양식으로 원뿔형의 독특한 모양이다. 사면의 스테인드글라스 창이 바닥부터 천정까지 뻗어 열십자 모양으로 만난다. 이 창으로 쏟아지는 햇살이 창을 더 아름답게 물들이며, 신비로움을 더해 종교적 경건함을 느끼게 한다.

팡지아수까르, 빵 봉지 모양의 거대한 바위 한 개가 리우데자네이루를 더욱 빛나게 한다. 케이블카를 타고 해발 최대 396m인 정상에 올랐다. 리우데자네이루 항구와 해안선, 아까 보았던 코르코바두산 예수상이 십자가 모양으로 아스라이 보인다. 코파카바나 해변 전체를 한눈에 조망하니, 이리 아름다운 해변이었나 다시 보게 된다. 반달 모양의 해변에 흰 모래와 건물들과 푸른 물과 하늘, 큰 점으로 보이는 사람들까지 캔버스에 담긴 한 폭의 그림이다. 어제 길 잃은 이

방인을 그리 당황하게 해놓고 이렇게 시치미를 뚝 떼다니. 누군들 알겠는가. 무슨 일이 있었든 묵묵히 그 자리에 있을 뿐이다. 그렇게 남미 여행의 종지부를 찍는 리우데자네이루는 예상하지 못한 반가운 선물 같은 곳이 되었다.

여행을 마치고 리우에서 상파울로-프랑크푸르트로 왔다. 아시아나 항공으로 환승하여 인천공항으로 갈 예정이었으나, 코로나19로 변수가 많아 독일 루프트한자 항공으로 변경되었다. 오랜만에 운행된 관계로 만석이었다. 인천공항 검역대를 거치는데 오히려 '청정지역에서 왔다'고 한다. 우리 일행 도착 후 3일여 뒤엔 국경이 닫히는 등 상당히 심각한 코로나19 상태가 되었다. 조금 늦었으면 발이 묶일 뻔했다.

여행하는 동안 남미 매력에 푹 빠져 지냈다. 여행할 때도 좋지만 준비하는 동안의 설렘도 좋다. 다녀온 이후에는 더 많은 것을 깨닫게 되고, 예기치 않은 일에, 새로운 일에 여유롭게 다가가는 지혜를 배운다. 요즘은 TV 여행 프로그램에서 남미가 나오면 여행의 추억들이 되살아나고 더 깊이 알게 되어 참 반갑다.

　내 일생을 두고 곱씹을 보물 추억이 된 여행이었다. 세상은 아는 만큼 보이고, 아는 만큼 들린다고 하지 않던가. 긴 여행에서 한껏 넓어진 시야로 불편했던 것들과 화해하며 살아가리라.

한정애 수필집

추 천 사

사소한 일상을 숭고미로 승화한 은유의 저장고

김현탁 (소설가, 문학박사)

한정애는 발달장애 학교인 특수학교에서 일생을 살아왔다. 그 과정에는 온갖 어려움을 무릅쓰고 선의 경지를 오를 만큼 오직 헌신의 일념으로 굴곡의 지도를 바르게 펼 줄 아는 사도의 본보기를 보여준다. 특수학교에 재직하면서 원생들을 돌보느라 여유가 없을텐데도 불구하고 시간을 쪼개어 틈틈이 써놓은 첫 수필집을 발간한다는 사실이 대견하고 경이롭다.

한정애는 첫 수필집에서 사소한 일상의 편린들을, 자아 중심에서 벗어나 거시적 안목으로 성찰의 경지에 이를 만큼 그 깊이가 넓고 웅숭한 문학의 광장을 꽃피우고 있다. 수필문학이 교과서적인 이론과 해석도 있지만 한정애는 생활 속에서 느낀 사소한 자기 고백성을 이야기 들려주듯 유연한 필치로 엮어내는 기량이 뛰어나다.

그의 작품 속에 나타난 심혼 깊은 저장고는 인식의 전환을 바탕으로 한, 심오한 시각의 예리함이 번뜩이는 섬광으로 생명력을 유지하고 있다. 특별한 문학적 수련을 쌓지 않고도 강물에 띄워놓은 종이배처럼 물결을 따라 흘러가는 경험의 소산을 과다한 감정의 노출 없이 골고루 영양소를 섭취한 나목처럼 푸르게 자리매김하는 질감이 돋보인다.

그것은 특수아동들을 보살피며 연민으로 느낀, 가슴 아린 이야기와 가족 간의 평범한 소재들을 객관화할 줄 아는 필력이 잠재되어 있기 때문이라고 볼 수 있다. 유한한 인생의 귀로에서 한정애는 초연의 그물망을 펼치고 자칫 간과되어 버릴 수 있는 작은 조각들을 모아 예쁘고 아름다운 이야기로 엮어내는 장인의 기질을 보여 주기도 한다.

그 그물 속에 있는 정념의 사실들이 독자의 가슴에 호소력 짙은 감성으로 남아 소멸되지 않는 문학의 긴 여운을 남긴다. 이 다정나삼한 이야기를 공유할 수 있도록 일독을 권하며, 추천사로 가름한다.

진솔함으로 순수의 힘을 보여주는 한정애 작가의 글

홍은화 (영화평론가)

한정애 작가의 글을 처음 본 순간, 나는 단단히 매료되고 말았다. 비평을 업으로 하기에 수많은 글을 보아왔지만 이런 일은 매우 드문 경우였다. 두 번째 수업 시간에 숙제로 제출한 '가을 손님의 방문'을 읽고서 나는, 가르치는 강사가 아닌 그의 열렬한 독자가 되기로 했다. '오! 제발 그 자리에'를 읽으며 가슴이 죄어 손에 땀이 나는 긴장감을, '헤어질 때 인사는 짧게'를 읽으며 메말랐던 눈물이 넘쳐흐르는 카타르시스를 경험했고 '어머니는 몸으로 자식을 읽는다'를 읽으며 어머니의 혜안을 꿰뚫어 본 작가의 통찰력에 감탄했더랬다. 그의 작품집을 보니 그때의 기억들이 새록새록 떠올랐다.

독자를 매혹시키는 한정애 작가 글의 강력한 힘은 어디서 오는 걸까. 분석을 위해 읽고 또 읽어보지만, 나는 어느새 또다시 글에 매혹되어 본분을 잊고는 작가가 마주한 상황과 심경에 빠져들어 상념에

젖는다. 이는 우리가 글을 읽고자 하는 궁극의 이유다. 타인의 경험과 감정이 나의 감각을 불러일으켜 주길 바라는 것. 그리고 한정애 작가는 기어이 그걸 해낸다. 선물처럼 독자에게 안긴다.

한정애 작가는 자신의 진솔함을 강단 있게도 윤색하지 않는다. 오히려 윤색하지 않은 솔직함에 읽는 이가 당황스러워질 정도지만 그의 글을, 그의 마음을 따라가다 보면 우리는 잊고 있었던 또는 세상과 타협해 버린 애(愛), 열정, 호기심, 측은지심 등 다양한 감정과 사람으로서 마땅히 해야 할 윤리, 덕(德)을 마주할 수 있게 된다. 이처럼 우리 안에 있는 아름다움이 여전히 살아 숨 쉬고 있음을 일깨워주는 그의 진솔함은 마치 인간이 세상을 처음 인지하게 된 세 살 때의 순수함과 같다. 세상 물정에 어두워 어수룩하다는 의미의 순진(純眞)과 달리, 순수(純粹)는 사사로운 욕심이나 못된 생각이 없는, 전혀 다른 것의 섞임이 없음을 의미한다.

순진은 어리석음을 깨닫는 순간 변하지만, 순수는 변하지 않고 지켜야 할 무엇이다. 60년이 넘는 시간을 자유자재로 오가며, 과거와 현재 그리고 미래를 잇는 한정애 작가의 작품들이 작가와는 또 다른 시간을 보냈을 독자들에게 전혀 이질적으로 느껴지지 않을 수 있는 까닭은 바로 그의 진솔함을 에워싼 순수 때문이지 않을까. 읽는 동안 너무 재미있어서 시공간을 잊게 만드는 그의 순수함을 이 책뿐만 아니라 앞으로도 계속 온 • 오프라인을 통해 만날 수 있기를 진심으로 간절히 바란다.

한여름 밤의 달빛 수영
힌정애 수필집

인쇄 2024년 11월 03일
발행 2024년 11월 20일

발행인 이은선
발행처 반달뜨는 꽃섬 [서울시 송파구 삼전로 10길50]
연락처 010 2038 1112   E-MAIL itokntok@naver.com

ⓒ 한정애, 저작권 저자 소유

ISBN 979-11-91604-46-7 03810

* 이 책은 경기도 경기문화재단의 지원을 받아 발간되었습니다
* 이 도서는 저작권법에 의해 보호를 받는 지작물이므로 무단 전재와 복제를 금합니다